KB267005

우리의 행방불명된
기도를 위하여

우리의 행방불명된
기도를 위하여

이해 산문

허공에 쏘아 올렸던 아주 오래된 기도들.
언젠가 곁으로 돌아올 그 기도들과
더욱 넓어질 우리의 세계를 위해
이해 작가가 직접 선정한 플레이리스트를 들어보세요.

그 애는 내 심장에서
부치지 못한 편지를 몽땅 꺼내
흙이 낀 손톱으로 깊게 묻었다

썩고 무른 흙에서
내일이 자랐다
아주 오래된 기도와 들키고 싶은 혼잣말의 일이었다

나의 10대를 기억해보자면, 20대가 되어가던 시절을 곱씹어보자면,

그때는 우리만 볼 수 있는 까마귀가 살았던 것 같다.

내 삶의 장르를 정할 수 있다면 로맨틱코미디쯤이 좋겠지. 그런데 내가 발로 밟아온, 나와 비슷한 얼굴을 한 여자애들이 나란히 귓속말을 주고받거나 눈을 흘기는 것을 견뎌온 시간들은 달콤하거나 유쾌하지 않았다. 날카롭고 가차 없었다. 아주 은밀하게, 엎질러진 물처럼 축축하게 교복 와이셔츠를 적시고 손톱으로 명치를 긁

으며 폭력은 침투의 방식으로 찾아들었다. 나란히 놓인 옆자리 짝꿍의 손에도, 부딪히는 가방에도, 아파트를 가르는 골목에도, 그 골목 속 집 안에도, 시끄럽게 교차하는 교실 속 웃음소리에도, 나만 알고 있는 단추 틈새에도.

교실에서, 여자아이들은 몰래 우리만 볼 수 있는 까마귀를 키웠다. 수업 시간에는 돌아가면서 까마귀를 와이셔츠 안에 넣어두었다. 잠자코 있다가 새가 문득 검은 날개를 움찔거리며 푸드덕, 소리를 내면 우리는 눈짓을 주고받으며 웃었다.

쉬는 시간이 되면 까마귀는 종종거리며 아이들 치마폭 사이를 넘어 다녔고, 우리는 서로를 지나칠 때마다 가슴에 반창고를 붙여주었다. 오래되어 덜렁여도 새것으로 갈지 않았다. 가장 두꺼운 명치를 가진 소녀만이 까마귀를 그럴듯하게 안을 수 있었다.

어떤 소음은 우리에게만 들렸고 우리는 그것이 울음소리인 줄도 몰랐다.

까마귀는 어느 날 종종대며 흔적도 없이 사라졌고, 모두가 까마귀 따위는 없었던 것처럼 꼿꼿한 자세로 앉아 수업을 들었다. 그리고 생에 무수히 많은 졸업이 찾아왔다. 학교를, 사람을, 시절을 졸업했다. 나는 자라면서 까마귀가 할퀴고 간 상처를 자꾸 들여다보았다. 이상하게 잘 낫지 않는 기분이었다. 새살이 돋을 것 같다가도 금세 다시 곪는 상처. 이상하게 아무도 기억하지 못하고, 아무에게도 보이지 않는 것 같은 까마귀.

글을 쓰면서 수많은 사람의 검은 깃털을 주웠다. 명치에 애써 품었던 까마귀의 분명한 흔적. 이 책을 우리의 지난 흉을 위해 썼다. 발설할 수 없었던 우리의 공유된 아픔을 위해.

상처가 곪는 동안 허공으로 기도를 쏘아 올렸다. 두 손을 모으지 않아도, 살아서 눈을 깜빡이는 건 생을 위한 기도가 된다. 엎어져 울거나, 그래도 일어나서 걸어야겠다고 다짐하거나, 대답이 들려올 리 없는 물음을 수없이 삼켜도, 우리는 살아 있으니까. 그래도 살아 있으니까.

조금 더 나은 내일이 오길. 가끔은 발끝부터 지워져 버렸으면. 사실은 그런 건 전부 다, 딱딱하게 굳은 마음에 물을 주어 다시 빚고 싶은 마음이었다고. 그런, 살갗을 파고들 듯 간절했던.

우리의 기도는 어디에 있을까. 온 생을 바친 나의 기
도를 쓴다.

2부 ✦ 네가 덧대진 지구

1부

아주 오래되고
영원한 윙크

썩은 어금니로 지구를 구하는 신인류 소녀

정수리가 나란하고 교복 밑단이 반들거리던 시절, 그때는 아무렇지 않게 가능했던 것들이 있었다. 생일이 되는 12시 정각을 기다렸다가 친구들에게 쏟아지는 축하를 받으며 뿌듯함을 느끼고, 하나하나 길고 긴 답장을 보냈다. 나도 친구 생일이 되면 커다란 검은 하드보드지에 글씨를 꽉 채워 선물해주었다. 하루에 약속을 몇 차례나 잡았다. 저녁에 전화가 걸려오면 들었던 말, "지금 놀 수 있어?"

솔직하고 어떤 감정이든 가득했던 나는 수다스러웠다. 뭐든지 충만했다. 그때는 아무렇지 않게 가능했던 것들이, 돌아보면 문득, 이제는 잃어버린 초능력 같다는 생각이 든다.

무슨 일이 있어도 실망보다는 사랑을 택하기.
회피하기보다는 거리낌 없이 눈동자를 마주 보기.
전심전력으로 달려서 너에게 나를 내던지기.
우리의 벽을 허물고 무자비하게 가까워지기.
네가 내 것이 되었다고 믿어버리기.

뭐라도 하지 않으면 안달이 날 것 같던 시간이었다. 동경과 애착을 구별할 줄 모르는 철부지였던 나는 사랑하는 대상에게 있는 힘껏 애정을 언어로 바꿔 주었다. 그런 것들이 그 시절의 내게는 가능했다.

그래서 어린 날의 내가, 무엇에든 진심이었던 내가, 절벽에서 뛰어내리듯 전력으로 질주해도 그저 신난다고 소리치던, 조금의 후회도 없던 내가, 정말이지 초능력자처럼 느껴졌다.

그리고 지금. 점점 특별함이 수더분해진다는 것을 깨닫고 머뭇거리는 나, 겁 많고 초능력 없는 지금의 나는 일상의 표면을 만져본다. 기복이 없고 조금은 까끌거리는 일상이다. 과거의 나를 맹렬하게 질투하면서 생각한다. 멋진 일 좀 안 일어나나. 멋진 일이 일어나서 나를 좀 구해주면 좋겠다. 예를 들면 판타지소설 속 주인공에 빙의한다거나, 과거로 회귀해서 미래를 꿰뚫고 실수와 불행을 전부 피해 팔자를 고친다거나, 마법소녀가 나타난다거나….

마법소녀라는 거 굉장할 거야. 세계를 구한다는 사명. 올곧은 심지. 모두가 응원할 것이다. 어쩌면 머리가 핑크색은 아닐까? 해괴한 복장쯤은 이해해줄 수 있다. 마법소녀가 나타난다면 일상은 찬란해지고, 삶의 장르는 눈부시게 바뀌지 않을까.

어느 날 정말 마법소녀가 나타났다.

그 애는 핑크색 머리는커녕 석둑석둑 오린 것 같은 앞머리를 가졌다. 활짝 웃을 땐 썩은 어금니가 보였다. 성격도 막무가내였다. 싸울 땐 금세 사나운 표정을 지었다가, 성낸 것이 창피해 밤새 웅크려 울었다.

뭐 이런 영웅이 다 있어…

그러다 그 애는 나에게 성큼성큼 다가와 별안간 맨손으로 땅을 파고 내 심장에서 부치지 못한 편지를 전부 꺼내 흙이 낀 손톱으로 깊게 묻었다. 그러곤 말하는 것이었다. "이제 여기서 내일이 자랄 거야. 다음 계절이 오면 금세 괜찮아져."
그러더니 별안간 사라졌다. 아주 오래된 기도와 들키고 싶은 혼잣말의 일이었다.

마법소녀는 나였다. 어린 날의 나. 그때의 난 확실히 초능력자였다. 그런데 그 시절의 나, 사춘기 시절의 나는 교실 속 나란한 자세들처럼 언뜻 고른 치아들 같았지만, 입 안쪽 구석에는 누구에게도 보여줄 수 없는, 썩고 덧나서 은밀하게 하루하루를 붕괴시켰던 마음과 나날을 가지고 있었다. 나의 어린 날은 대체로 쉽게 반짝였고 매끄러운 듯 보였지만, 마법소녀로 나타난 그날의 나는 갈까마귀 같은 새까만 심장을 가지고 있었다. 나는 하고 싶은 말이 아주 많았는데 그것이 정확히 무엇인지 몰랐고, 그래서 늘 화가 나 있었다. 끔찍하게 아팠던 성장통의 기억처럼, 돋는 햇살 아래 칼날처럼 벼려진 비명을 품고 살던 날들. 투명하고 위태로운 고민들 사이에서 고군분투하는 시기, 이해받지 못해 괴로운 고민들이 목을 조르는, 이른바 사춘기가 분명 도래했었다.

그러나 썩은 이를 품고도 초능력자가 될 수 있다면, 모든 거짓말을 단 하나의 진심으로 교환할 수 있다면.

썩은 이를 마음에 감춘 소녀들의 장기는 누가 뭐라 해도 사랑하는 능력이다. 소녀들은 외계인이다. 초능력자다. 사랑니가 첫사랑을 할 때쯤 난다고 해서 사랑니라고 하던데, 사실 사랑니는 사춘기 소녀들에게 찾아오지 않는다. 사춘기 소녀들이 가슴속에 품고 있는 건 썩은 이, 덧난 이, 그래서 억지로 교정하느라 뽑아버린 어금니다. 소녀는 별것 아닌 것을 거대하게 사랑하려고 지구에 찾아온 신인류다.

　무책임하고, 불안정하고, 무모한 초능력자. 끊임없이 도전했고 막무가내였으며 그래서 미움받기 쉬웠지만, 무척 소중했던 그날의 초능력자.

　어린 날의 내가 마음에 품고 있었던 것이 무엇인지 안다. 그 애의 초능력은 무모함과 무책임함에서 끝나지 않는다. 성장통에 수반하는 밤샘의 뒤척임, 흔들리는 썩은 어금니, 그런 것들을 마음에 묻고 내일을 꿈꿨겠지. 거기서 자라난 게 지금의 나다. 초능력으로 일궈낸 산물. 정형화된 표면 아래에 지독한 마음으로 묻었던 희망에서 자라난 내일.

　삶의 어떤 시기는 건너고 나면 결코 이전과는 같을 수 없게 되어버린다. 한번 영구치가 나면 더 이상 앞니가 빠진 채로 환하게 웃던 시절로는 돌아갈 수 없으며, 어떠한 앎이 세계를 깨뜨리면 평화롭던 나날은 금세 모르는 사람의 것처럼 낯설어진다. 이처럼 성장이란 다음으로의 도약이기도 하지만 돌이킬 수 없는 어린 날들과의 작별과도 같다.

지나고 나면 타인의 것처럼 소멸하는 정서들이 발산되는 시기는 특별하다. 전부 지나버려서 더 이상은 내가 아니지만, 한때 나였던, 내가 가졌던 시절. 향기롭지만 끔찍했고, 절망스럽지만 애틋했던, 그러므로 무한히 사랑할 초능력자였던 그 시절의 나. 그날의 내가 지르고 싶었던 비명과 뱉고 싶었던 혼잣말에 귀를 기울인다.

그 시절의 초능력이 구원하는 것이 지금의 내가 되길 바라며.

아오리, 러브샷!

지난 기억을 도무지 사랑할 수 없는데도 계속해서 입에 머금고 있는 이유는 뭘까. 지하철 안내 방송. 승강장과 열차 사이가 넓기 때문에 발이 빠지지 않도록 조심하시기 바랍니다…. 그런데 나는 과거와 지금의 나 사이에 놓인 넓은 공백에 발을 풍덩 빠뜨리고 어리둥절하게 누군가를 보고 있다. 그 누군가는 당연히 지금의 나다. 나이만 훌쩍 먹어버린 지금의 나. 저기요, 저 여기 빠졌는데 어떻게 좀 안 되겠어요? 기다려봐, 지금 글로 쓰고 있잖아….

이렇게 쓰다 보면 가끔 왈칵 눈물이 나올 때가 있다.

아니, 어떻게 똑같은 얘기를 쓰고 또 썼는데 아직도 슬플 수가 있냐고. 그런데 나는 내 안에 아직 다 자라지 못한 소녀가 있다고 믿는다. 그 애가 하고 싶은 말이 아주 많은데, 그 얘기를 충분히 글로 써주면 나도 일상 속에서 작은 눈부심을 발견할 수 있을 거라는 믿음을 가지고 산다. 그리고 다 자라지 못한 할 말 많은 초능력자 소녀를 숨기고 사는 사람이 나 말고도 이 세상에 아주 많다고 믿는다. 누군가 쓰지 않으면 아무도 귀 기울여주지 않을 이야기. 아주 사소한 정서의 이야기. 그 아이가 충분히 말할 수 있도록 나는 쓰고 또 쓸 생각이다.

이 글들이 보기에 예뻤으면 좋겠다. 그리고 들춰 봤을 때 그 여자애가 겨누고 있는 총구가 적절한 이들에게 정확히 러브샷을 쏘길 바란다. 덜 익은 것처럼 보이는 아오리 사과. 하지만 그 사과는 원래 그런 맛이야. 설익어 보이는 초록색 맛. 모든 착각으로 이루어진 맛. 나에게 상처를 주었던 사람들은 그런 식으로 나를 난도질했지만, 나는 샷건 대신 러브샷쯤으로 퉁쳐줄 생각이다. 나를

살게 한 것은 애착이니까. 애착은 나를 좌절하게 했지만
끝끝내 내일을 불러왔으니까.

욕하는 케이크

친구이자 작가인 H가 나에 대한 시를 써주었다. 「욕하는 케이크」. 시 속 케이크는 자랑스럽고 사랑스러웠으나 산산이 부서졌다. 크림을 휘갈긴 뒤 찬장에서 떨어져 퍽, 뭉개졌다. 그래도 이 케이크를 꼭 쓰겠다고 주장할게. 나는 시를 받은 뒤 무척이나 마음에 들어 깔깔 웃었다. 왜 하필 욕하는 케이크냐고 묻자 H가 대답했다. "해는 정말로 욕을 잘하잖아요."

이 시에서 주목해야 할 점은 「욕하는 식칼」이나 「욕하는 도끼」가 아니라 「욕하는 케이크」라는 것이다. 케이크는 동그란 빵이다. 폭신폭신하다. 누르면 푹 들어가고 흠집도 잘 난다. 그래도 케이크는 최선을 다한다. 리본도 두르고 크림도 발라서 사랑받으려고. 하지만 케이크는 결국 세상에 먹히려고 태어났다. 칼에 썰리고 초에 꽂히면서. 그래야만 하는 운명을 케이크는 어떻게 생각할까. 창피하고 슬프지 않을까. 분노하고 수치스러워 하지 않을까.

케이크는 내 몸부림의 결정체다. 어느 순간부터 나는 내가 어디에도 없다고 느꼈다. '나'는 어디에도 진정으로 속하지 못했고, 모든 집합에 소속되기 위해 조각조각 수집된 무엇인가를 모방하고 있었다. 나는 나의 우울도, 아픔도, 괴로움도 의심했다. 그것이 내가 겉면에 바른 크림이었다. 그렇게 나를 전시하면서 그럴듯해 보인다고 여겼다. 그리고 내가 진열되어 있을 때, 사람들이 쇼케이스에 잔뜩 지문을 찍고 지나갈 때, 손가락으로 푹 찌르고 맛을 볼 때, 내 안에서 울컥 용솟음치는 무언가가 있었다. 피에서부터 들끓는 저항감. 그렇게 찌르고 가면 다야? 맛을 보는 사람에게 내 안에 든 것을 보여주고 그에게도 똑같은 흥을 남기고 싶었다. 사실은 나도 상처받았는데, 모조리 까먹은 사람들….

　어느 날 나는 내 입술에 탈락되는 감정만이 대롱대롱 달려 있다는 것을 깨달았다. 참을 만하다가도 견딜 수 없어 솟아오르는 비명. 내 피와 살을 전부 해체해 알아차리고 싶은 욕망. 나는 사람들이 빼곡히 채우고 있는 세계의 슬픔을 모조리 이해하고 싶었다. 말할 수 있는 이야기와 그럴 수 없는 이야기. 오로지 내 안에서만 들끓다가 입술 밖으로 내뱉는 순간 열기가 식어버려서, 그냥 많은 일이 있었다고 말할 수밖에 없는 이야기. 내 시야를 통과해야만 보이는 이야기를 모두가 안고 살아간다는 것을 문득 부딪치는 사람들 틈에서 깨달았다. 오로지 나의 프레임 안에서만 해석되는 스토리가 있음을. 그 삶들이 어질러진 도시가, 도로가, 그딴 건 아무 상관도 없다는 듯이 질주할 때면 나는 어떤 충동을 느꼈다.

　묻고 싶다. 다들 저마다 말할 수 없는 상처를 가지고 사는 건지. 진술할 수 없는 고통이 붙잡고 놔주지 않는 탓에 영영 자라지 못하는 감각을 안고도 일상을 견디며

　　　　　1부 아주 오래되고 영원한 윙크

사는 건지.

　나는 부모님께 내 이야기를 미주알고주알 떠드는 성격이 아니다. 다정한 어머니와 더 다정한 오빠, 더더 다정한 아버지 아래서 자랐는데도 내 상실과 외로움의 역사는 차곡차곡 쌓였다. 드러내놓을 수 있는 것과 그럴 수 없는 것, 누구에게든지 내밀어 동냥을 얻을 수 있는 것들과 까뒤집어봤자 추해지기만 하는 것들이 있다. 그 사이를 저울질하며 어떤 것을 드러내고 살아갈지 구분하고 선택하는 것이 내 삶이다.

　어릴 때, 학교에서 돌아오면 부모님이 "학교 어땠어? 학교에서 뭐 했어?" 하고 물으셨다. 그럼 난 재밌었다고 말하면서, 이유를 물으면 "기억 안 나" 하고 답했다. 아빠는 나의 이 '기억 안 나'를 두고두고 이야기한다. "애들은 꼭 재밌었다고 하면서 뭐 했는지 물으면 기억 안 난대. 사소한 것들이 즐거웠는데 막상 말하려니 뭘 말할지 모르겠는 거지." 정말 그렇다. 사실 반쯤은 그냥 귀찮았기 때문이다. 엄마가 친구 누구 만나느냐고 물으면 "엄마 모르는 친구. (말하면 엄마가 알아?)"라고 대답하는 것과 비슷하게. 하지만 사실 그 재미있었던 일들이 정작 말로 뱉어내는 순간 납작해지고 휘발되어버릴 것 같아서, 아무것도 아닌 것이 되어버리고 말 것 같아서 그냥 넘겼기 때문이기도 하다. 정말 많은 일이 있었는데, 막상 이야기하려니 지리멸렬한.

그렇게 시간이 지났고, 오늘 어땠냐는 질문에 대한 대답은 '기억 안 나. 그런데 너무 속상했어. 슬프고, 화나고, 비참하고, 고됐어' 같은 말들로 바뀌어갔다. 사실 기억이 안 나는 건 아니다. 모든 것을 기억한다. 너무 선명하게, 오래도록 기억해서 자꾸만 꿈에 나올 정도로. 나에게 상처를 준 모든 상황과 순간과 인과관계와 얼굴을 기억한다. 그런데 그 모든 일을 너는, 전부 이야기할 수 있니?

그러나 슬프게도 나는 솔직함 앞에서 무력해지는 눈과 입과 손을 가지고 태어나 모든 것을 쓰고 말했다.

인간이 가장 솔직해진다는 혼자만의 방. 내가 가진 최초의 방은 거실 한구석의 낮은 책상이었다. 사방이 뚫려 있어 도무지 나 '혼자만의' 공간은 아니었지만, 책상 아래 들어가 잠들기를 좋아했던 강아지를 발끝으로 느끼며 나는 컴퓨터 타자를 두드렸고, 안락함을 느꼈다. 내 나이 여섯 살 때의 일이었다. 내가 컴퓨터로 했던 일은 회사에 간 아빠에게 채팅으로 말을 거는 것이었다. 컴퓨터 타자를 신동의 기세로 배운 나는 아빠로 하여금 엄마가 대신 쳐준 것이 아닌가 의심하게 할 정도로 수다스럽고 의젓하게 말풍선을 보냈다. 타자로 치기에 너무 긴 이야기는 같은 책상 위에서 노트에 적었다. 하루에 노트 세 페이지를 연필로 빼곡히 적어서 편집자 생활을 하는 아빠에게 보여주었다. 할 말이 많던 여섯 살, 여덟 살, 그리고 진짜 내 방을 갖게 된 열 살. 나의 '쓰기 행위'는 나도 모르게 계속되었다. 그러니까 내가 가장 솔직해지는, 나 혼자만의 방은 쓸 수 있는 공간이었던 셈이다. 교복도 갈아입지 않고 책가방만 던져놓은 채 타자를 두드리던 시절, 나는 희미하게 알았다. 내 모든 자음과 모음, 단어와 문장들은 이 세계에서 탈락된 감정의 집합이라는 것을. 어느 누구에게도 들이밀 수 없었던, 내가 꾹 참아야 했

던, 그러나 뱉어내지 않으면 참을 수 없었던 솔직함이라
는 것을.

　나에게는 너무나 소중했거나 강렬했던 것, 그래서
차마 모조리 잊을 수는 없었으나 결국 전부 잊힐 이야기
들. 빼곡하게 서로 스쳐 지나가는 삶 속에서 아무도 돌아
보지 않을 나만의 프레임. 하지만 그 사소함이 내 정서를
빚어내고 나를 만든다는 믿음은 이를 문장으로 발굴하
려는 애착과 투지로 변모했다.
　여지껏 자주 그랬다. 미련한 일로 울었고 시시한 것
들로 불안해했다. 어린 날에, 많은 여름에 그랬다. 그 사
이를 통과한 사랑 때문이었다. 나는 바보처럼 초조함에
눈이 가려져 무수한 사랑을 놓쳤다. 어린 날 나는 뻔한
일로 자주 낙담했다. 사랑을 받을 때조차 그랬다. 스스로
를 의심하던 날들이었다. 어떤 말도, 어떤 사람도 살갗에
와닿지 않아 투명하게만 느껴지던, 오직 울창한 매미 소
리만이 영원할 것 같던 여름날이 있었다.

글 쓰는 사람이 되려고 한 적은 한 번도 없다. 일기를 그렇게 성실히 쓰는 사람이었음에도 내가 그런 줄 몰랐고, 작가가 되거나 문예창작과에 진학하는, 글과 관련된 진로는 생각해본 적도 없었다. 내가 내 삶의 영역을 차지한 글의 존재를 인식한 것은 스물한 살 때. SNS에서 우연히 알고리즘을 타서 내 글을 기다리는 구독자를 갖게 되었을 때. 그때부터 에세이 비슷한 것을 쭉 쓰고 있다. 이제는 그것이 내 정체성의 꽤 많은 지분을 갖게 되었다. 그럼에도 불구하고 소설이나 시를 쓰겠다고 생각한 적은 단 한 번도 없다. 절대로 할 수 없는 영역이라고 생각했다. 이유는 잘 모르겠지만.

어떤 시기엔 매일매일 시를 썼다. 그때 친구가 써준 시가 바로 「욕하는 케이크」다. 나는 그 케이크의 이미지가 마음에 들어서 욕하는 케이크에 살을 덧대 한 편의 시를 썼다. 시에는 이런 내용이 담겼다. 빵집 진열대에 전시된, 리본을 두른 정신 나간 케이크. 동그란 얼굴을 하고 있지만 조금 유별나다는 것이 차츰 들통나는 케이크. 아무리 크림을 발라도 프러포즈에 쓰기에는… 동그란 빵

안에 뭐가 들었을지 모른다. 칼이 숨겨져 있어서 어떤 남자가 입안에서 피를 쏟았다는 이야기는 이미 유명하다. 그러니까 우리 이 가게는 그냥 돌아갑시다. 저 여자애 솔직히 별로인 것 같아요, 소문도 나쁘고. 저 사람들 지금 장례 치르고 있습니다. 저 여자 울고 있잖아요.

어느 날, 나는 겉에 크림을 잔뜩 바른 케이크가 되기로 했다. 나에게 촛농이 뚝뚝 떨어지는 초를 꽂은 사람들. 빵칼을 푹 꽂아 제멋대로 입에 쑤셔 넣은 사람들. 나는 상처받았는데 그러거나 말거나 전부 잊어버린 사람들….

그런 케이크의 사정 같은 건 어디에 적을 수도 없고 누군가 이해해줄 리도 없다.

아무것도 할 수 없을 것 같을 때면 인터넷 어딘가에 글을 쓰고 발행을 누른다. 그리고 곧장 잊어버린다. 오타와 비문이 한가득이다. 빨갛게 부어 꽉 조였던 마음이 희미하게 놓여난 기분이 든다. 그러니까 글을 쓰는 동안 나는 기도하는 것이나 다름없다. 누가 들을지는 모르겠지만, 인터넷이라는 광활한 네트워크로 내던져질, 나의 행방불명될 기도. 병 속에 담겨 바다를 떠다닐 편지처럼. 마침표를 찍으면 어쨌거나 기도를 마무리한 것처럼 안심이 된다. 그리고 내가 쓴 글, 나의 솔직하고 비밀스러운, 그러나 들키고 싶은 기도는 반드시 돌아온다. 내가 찍은 마침표는 무럭무럭 자라나 어느 날 되돌아온다. 그리고 말한다. 이만큼 너의 세계가 불어났다고.

말할 수 없는 고통으로 늘 불안한 나. 다른 사람들은 모두 자기만의 방에서 울다가 아무렇지 않게 표정을 지우고 세계로 발걸음을 내딛는 걸까. 나 자신조차 이해하기 어려웠던 어린 날의 나, 그리고 여전히 누구에게도 설명하기 어려운 지금의 나를 위한 기도. 이 책의 온점을 찍으면, 그것이 나의 세계가 된다. 그리고 이것을 읽는 당신의 세계가 이 글과 잠시 맞닿아 지나간다. 눈물과 저마다의 이야기가 뭉게뭉게 피어오르는 세상에서 우리가 잠시.

들키고 싶은 혼잣말을 이곳에 적는다. 너무도 사소해서 아무에게도 이야기할 수 없었던 나의 비명. 녹진한 여름 초록과 그 사이사이 햇살에도 웅크려 있던 애매한 고통.

아름다움과 낭만으로 포장된 채 쏜살같이 질주하는 지구에 살아가면서 꾹꾹 비명을 감추고 있는 사람이 내 안에 있다.

나는 내 일상을 한 발짝 떨어져 바라본다. 언뜻 보면 밝은 햇빛이 들이치는, 잘 매만지면 보기 좋을 듯한 모양새의 내 삶. 난 여전히 포장된 채로 전시되어 있다. 모두가 그렇다. 어엿한 스토리로, 화려하고 무참하게 슬픈 로그라인으로는 쓰일 수 없지만, 그래서 세상에 소리치고 싶은 이야기가 자리하고 있다고 믿는다. 사소하지만 거대하게 삶을 지배하는 저마다의 이야기.

자라기 위해서 난 여전히 쓰고 싶다. 우리가 벼리고 있던 칼에 대해서 쓰고 싶다. 손가락을 총구 모양으로 겨눠 낭만으로 포장된 청춘을 향해 쏜다. 이것은, 내가 숨기고 있던 혼잣말로 이루어진 총알이다. 세상은 단정하게 맺힌 열매만을 보려 하지만, 나는 화려한 이야기도, 그럴듯한 슬픔도 될 수 없었던, 정돈된 감정 뒤편의 얼굴

과 사나운 흥에 대해 말하고 싶다. 이것이 더 이상 외로

운 혼잣말로 남지 않도록.

축시

대학에 다니던 때 학교 앞 원룸에서 자취를 했다. 집에 친구들이 많이 들락거렸다. 떠들썩하게 모여 노는 아지트는 아니었지만, 친구들은 한 명씩 돌아가면서 우리 집에서 낮잠을 자거나 과제를 하거나 이를 닦거나 옥상에 올라가 담배를 피웠다. 그리고 그 애들은 서로를 몰랐다. 우리 집 양치컵에 꽂힌 칫솔들과 거기 적힌 이름을 보고 "얘는 누구야?" 했다. 그나마 내가 속한 영상과 친구들은 서로 아는 편이었는데, 문예창작과 친구들은 과도 학년도 같으면서 서로를 몰랐다.

아무튼 나는 영상과면서 희한하게 문예창작과 친구

들이 많았다. 그 애들은 도서관에서 시를 쓰고 소설을 쓰다가 힘들면 우리 집에 와서 썼다. 그러다 밥 먹고 커피 먹고 낮잠 자고…. 그러면서 자기가 쓴 건 끝내 안 보여 줬다. 난 끊임없이 내가 독자가 되겠다고 막 윽박질렀고, 걔네들은 사실 그걸 되게 좋아했다.

그래서 우리 집엔 항상 손님용 이불과 베개가 있었다. 그걸 덮고 낮잠을 자던 친구의 동그란 정수리가 기억난다. 우리 집에 오는 시간은 꼭 햇빛이 막 굴러다니는 낮잠 시간. 애매하게 뜨는 공강 시간. 그런 때엔 정말 별별 얘기를 다 했고, 나는 그 정수리가 동그란 친구와 약속을 했다. 너 결혼할 때 내가 축시 써줄게.

훗날, 그 정수리 동그란 친구와 동시에 아는 지인 둘이 결혼한다고 청첩장을 가지고 왔다. 혼인신고 하러 가면 혼인신고 취소 불가라고 쓰여 있다던데. 취소도 안 되는 걸 너희는 덥석덥석 하겠다고 갖고 오는 거니. 처음 청첩장을 받았을 땐 어른이 된 것 같았는데.

삶에 돌이킬 수 없는 일이 생길 때가 있잖아.

그럴 때마다 정말 어쩔 줄을 모르겠어서 늘 어리둥절한 표정만 짓는다.

처음이 찾아오지도 않았는데 마지막임을 직감할 때. 지금을 영영 돌이킬 수 없고 이제는 그리워할 일만 남았다는 걸 알게 될 때. 그런 순간은 좀 준비가 되었을 때 찾아오면 좋을 텐데. 모든 일은 예고 없이 순식간에 찾아와 열을 재는 손바닥처럼 이마를 짚고 불시에 떠난다. 그 손 위에 내 손을 한번 겹쳐 잡아봤으면. 그 온도가 찾아오기 전에 좀 더 환영할 준비를 할 수 있었으면. 지금을 더 잘 기억할 그런 준비. 꼭꼭 씹어 누리고 싶은 순간은 한철 무화과처럼 한 입 먹으면 끝나버린다. 이 맛이 끝이야. 잘 기억해야 해. 다그치듯이 불쑥 찾아온다. 그래서 감격스러운 순간에 만감이 교차한다고 하는 걸까. 그 만감 속에 슬픔도 있다는 걸 몰랐다. 벅찬 순간을 지금이라는 찰나에 놓아주어야 하는 슬픔. 다 지나고 난 뒤에야 돌아보면서 그때 그거, 되게 반짝였는데 뭐였을까, 하고 얼떨떨한 표정을 짓게 되겠지.

그 친구가 정말 축시를 써주면 좋겠다. 결혼식이 아니라도 괜찮다. 난 분명히 바보처럼 좋은 날 또 이상한 표정을 짓고 내 몫의 기쁨과 내 몫의 환영을 까먹어버리고 말 테니까, 나 대신 꼼꼼히 준비해주었으면 좋겠다. 오래오래 고민하고, 몇 날 며칠 잊어버리지 않고 준비한, 모두가 지참해 올 축하 시를.

그리고 어느 날 문득 그 여름 정말 좋았는데 뭐였더라, 하고 잠잠히 슬픔에 잠길 때 그 시를 다시 꺼내 볼 수 있으면 좋겠다. 지금 여기서, 올해만큼 주어진 할당량의 계절을 축하하자. 당신을 위해 오래오래 앓으며 준비한 나의 축하. 우리의 출생을 발생이라 여기지 않게, 이번 처음만큼은 오래 기억할 준비를 할 수 있게. 어쩔 줄 모르고 발병하는 삶을 구경하는 대신 축하하자. 눈부신 빛줄기 사이로 희미하게 보이는 좋았던 날들. 원한다면 언제든지 돌아와 꺼내 봐도 좋다. 돌이킬 수는 없어도 오래도록 간직할 수 있게.

영원이라는 착각

아이들 가르치는 일을 한 지도 4년쯤 되었다. 내가 가르치는 아이들은 세 살부터 일곱 살까지.

얼마 전에 일곱 살 아이가 구석에 쪼그려 앉아 있었다. 뭐 하나 가서 봤더니 소리도 없이 눈물만 뚝뚝 흘리고 있었다. 왜 우는지 한참을 안고 달래며 물어도 대답을 않았다. 울음소리도 내지 않고 눈만 겨우 깜빡이며 우는 걸 보고 있자니 왠지 나도 눈물이 나서 아이 몰래 눈물을 닦아가며 울었다. 아이는 한참 뒤에야 입을 열었다. "친구가 밀어서 넘어졌어요. 그래서 머리를 다쳤어요." 밀었다던 아이를 불러와 미안해, 하라고 했다. 그 애는 말했다. "얘가 먼저 밀었어요." 둘은 옥신각신하더니 결국 미안해, 했다. 울던 아이는 처음엔 때릴 것처럼 상대 아이를 노려보더니 미안해, 한마디에 금세 괜찮아, 했다.

내가 그 애를 안고 달래다가 운 건 아무도 모르고 끝났다. 그 애는 세 살에 우리 유치원에 입학해서 일곱 살이 될 때까지, 내가 선생님이 되고 처음으로 쭉 가르친 아이였고, 곧 멀리 이사 갈 예정인 아이였다. 그 말은 졸업하고 나면 초등부, 고등부로 넘어가 가끔이라도 계속 볼 수 있는 다른 아이들과 달리, 우연의 힘을 빌리지 않는 한,

아마도 다시는 볼 수 없는 아이가 된다는 뜻이었다.

그 애들처럼 내 마음도 미안해, 하면 괜찮아, 하고 금세 풀리면 좋을 텐데.

널 달래다가 내가 울어버리는 마음 같은 건 너는 영영 모르고 끝나겠지.

겨울엔 자다가 손이 시려워서 불현듯 깬다. 이런 계

절이면 허공에 대고 묻고 싶어진다. 아무것도 아닌 사이인데 이렇게 그리워해도 되나요? 나만 이렇게 일방적으로 정을 주었다가 이별이 다가오면 남겨진 나의 슬픔은 어떻게 해야 하나요?

가끔은 탓을 하고 싶어진다. 나 혼자만의 슬픔으로 떠밀 거였으면 우리를 왜 그렇게 소중하게 여겨서 너와 나의 세계가 같다고 착각하게 만들었는지.

사소한 이별이 자꾸 찾아온다. 영원이라는 이름은 어디에도 붙일 수 없는데 어째서 태어났는가. 왜 너희들은 내가 아니고 왜 모두가 내 마음과 같을 수 없는 걸까.

너희의 세계와 나의 세계가 같다는 착각을 무한히 하고 싶어.

한정된 시간이 지나고 나면 내가 심히 사랑했던 너와 나의 사소한 시간은 다신 돌아오지 않겠지.

그리고 그 애틋함이 비대칭으로 짙었다는 사실을 영영 전할 수 없겠지.

사소하고도 끔찍하게 사랑했던 나의 친구들이 떠오른다. 가끔 고민한다. 너무 애달프게 사랑하지는 말까. 너무 기대하지는 말까. 한 발짝 거리를 두고 가상의 너희가 나의 마음을 침범하게 두지는 말까. 사랑과 마음을 다 내주지는 말까. 나의 아낌을 내던지지는 말까. 너희가 나와 같다는 착각에 빠지지는 말까.

그래도 나는 선택하고야 만다. 한정된 시간 안에서 온통 내어주는 것이 나의 불가항력이므로 지독하게 너희를 생각해.

파랑의 그물

나는 대학 시절 농구부였다.

예술 대학교인 우리 학교는 동아리 모집 기간이 되면 공연 동아리 위주로 화려한 발대식을 했다. 그러니까 농구 동아리는 거들떠보는 사람이 거의 없었다는 뜻이다. 동아리 바람막이를 입고 다니면 뒤에서 '우리 학교에 농구부도 있어?'라는 소리가 꼭 들려왔(다고 한)다. (나는 창피해서 안 입고 다녔다.) 왁자지껄한 동아리 부스 사이의 황량한 우리 부스. 동아리 이름을 마커로 투박하게 적은 A4 용지가 나풀거렸고, 몇 없는 부원들이 공강 시간에 한두 명씩 돌아가며 부스를 지키는 게 고작이었다. 그

     1부 아주 오래되고 영원한 윙크

러니까 우리 동아리로 말할 것 같으면 진짜 농구가 하고 싶어 미치겠는 사람들만 들어오는 순정파 동아리.

내가 농구 동아리에 들어간 건 놀랍게도 나 역시 농구가 하고 싶어 미치겠는 사람이었기 때문이다. 난 거의 유일한 여자 부원이었다. (다른 여자 부원들은 유령 회원이었다.) 내가 농구가 하고 싶어서 미칠 것 같았던 원인으로는 우선 도쿄올림픽 양궁이 있었다. 안산 선수를 비롯한 한국 선수들이 엄청난 활약을 펼쳤고, 그중에서도 특히 여자 배구팀이 멋있었다. (당시 현역 선수였던 김연경의 '해보자, 해보자, 후회하지 말고'가 이때 나왔다.) 난 초등학생이라도 된 것처럼 체육학원에 당장 등록하고 싶은 심정이었다. 와, 나도 금메달 따고 싶어. 막막 강해지고 싶어. 관념적으로 강해지는 게 아니라 진짜로 힘이 세지고 싶다고!

시간 많은 휴학생이었던 나는 마침 수많은 소년만화까지 섭렵하고 있었다. 거기 나오는 주인공들은 역경을 통해 각성하고 수련을 거쳐 강해졌다. 나도 그렇게 되고 싶다는 맹렬한 욕망에 사로잡혔다. 뭔가를 부수고 이

겨내고 뚫고 지나가고 싶었다. 근육이 단단해지고 강해져서 아무도 쉽게 덤비지 못하는 고수가 되고 싶었다. 액션만화와 히어로물을 보고 자란 남자아이들은 어릴 때부터 이런 감정을 느꼈을까? 그래서 내가 가르치는 대여섯 살 남자아이들은 벌써부터 총 쏘는 시늉을 하고 기합을 넣으며 씨름하고 노는 걸까?

나에게도 스승이 생겼으면. 무작정 찾아가서 강해지고 싶어요, 라고 할 수 있었으면. 이 욕구는 올림픽 시청과 연계되어 스포츠물의 주인공으로서 뭔가를 성취하고 싶은 욕구로 발현되었다. 그래서 농구를 했다. 뜨거운 햇빛 아래서 더위 먹을 때까지 달리고, 슛을 던졌다. 내가 슛을 쏘면 사람들이 말을 걸 정도였다. 웬 여자애가 자유투를 넣으니 그럴 만도 했다.

생각해보면 농구도 처음부터 푹 빠져들었던 것 같지는 않다. 좋아하고 싶어서 주변을 막 서성였던 기억이 있다. 내가 이제껏 좋아한 많은 건 좋아하기까지 각고의 노력을 필요로 했다. 영화. 시. 내 친구들이 좋아하는 아이돌. 내 친구들이 많이 보는 애니메이션. 같이 즐기고 싶은 영역. 뭔가 멋있어 보이는 장르. 좋아하는 마음의 시작은 언제나 좋아하고 싶어 하는 마음 반, 그리고 아직은 이해할 수 없어 멈칫대고 서성이는 망설임 반이었다.

농구를 좋아하기 시작한 게 언제라고 정확히 말할 수는 없으나, 농구를 처음 접한 순간은 기억한다. 바로 극장에서 본 영화 〈더 퍼스트 슬램덩크〉였다. 다들 본다니 그냥 봤고 다들 좋아하는 것에 비해 덜 인상적이라 난 오히려 필사적이었다. 좋아하고 싶었으니까. 좋아하고 싶은 마음도 이미 반한 마음이라고 할 수 있을까? 이후에 또 다들 본다는 웹툰 〈가비지타임〉을 봤는데, 미루고 미루다 시작한 것이었다. 좋아하던 친구가 인상깊게 보았다고 얘기해줬기 때문이다. 좋아하고 싶은 마음은 점점 커져서 되레 내 마음을 무겁게 했다. 누구도 이해 못할 주객전도였다. 좋아하고 싶은 마음에 푹 빠진 내 마음. 좋아하고 싶어서 한눈에 반한 내 마음, 이해할 수 있어? 사랑에 빠지고 싶어서, 그 마음과 그 영역을, 그곳을 사랑하고 있는 마음을 이해하고 싶어서 나는 내내 맴돌았다.

하지만 아무리 머리로 공부하고 곁눈질해도 좋아하는 데 성공할 기미는 보이지 않았다. 나는 만화 속 경기의 흐름을 이해하고 농구라는 스포츠를 이해하고 싶었다. 실제로 경기를 하는 선수들을 보며 사람들과 함께 환호하고, 같은 감정선을 공유해보고 싶었다. 왜 기뻐하는지, 왜 한탄하는지를 알고 싶었다. 내가 응원하는 구단을, 최애 선수를 가져보고 싶었다. 아는 게 없기 때문에 원래 낯선 것을 좋아하는 일은 겉돌다가 식어버리기 일쑤다. 좋아하고 싶은 마음은 이때 빛을 발한다. 집념이라는 이름을 가진 그 마음. 얼마나 끈기 있게 맴도느냐가 중요하다. 그러다 보면… 어느 한 순간이 찾아오기 때문이다. 결국.

좋아할 수 있을지도 모른다는 낯선 감정. 모든 것은 그때 시작된다. 새로운 것을 이해하고 싶어서 맴돌다 보면 어느샌가 불쑥 들어와 있다. 정신없이. 좋아함이 시작되는 순간은 언제나 내 곁에서 기다리고 있다. 중요한 것은 내가 살아 있으므로 그 순간이 당도했다는 것이다.

농구에 푹 빠진 그날 이후, 나는 친구와 밤새 길거리

농구 코트에서 농구를 하며 모르는 아저씨들과 게임을 하고, 땅바닥을 구르며 배가 찢어지도록 웃었다. 땀에 푹 젖어 천변을 걷던 여름밤. 대학 경기를 보고 그 학교 운동장에서 농구 시합을 하던 해 질 녘. 응원하던 농구팀이 아슬아슬하게 우승을 거머쥐어 하염없이 사랑에 빠졌던 초여름.

사랑하려고 집요하게 곁에 있는 그 마음만으로도 충분해.

그렇게 나는 학교에서도 농구부에 들어갔다.

농구하고 싶어서 미친 사람들만 모였던 우리 동아리. 도란도란했다. 아직 여름의 촘촘한 초록이 다 지워지지 않은 9월, 바닥부터 끓어오르는 숨 막히는 열기와 어울리는 뜀박질 소리. 농구할 사람? 하고 운을 띄우면 공원에 사람들이 몰려들었다. 우리 학교는 안산 구석에 자리해 대부분의 학생이 근처에 살았으므로 인근에 하나의 요새를 구축하고 있는 셈이었다. 만나고 싶으면 언제든 만날 수 있었다.

여름의 파랑, 굴러다니는 신발, 달라붙는 운동복, 바닥과 마찰하는 발소리. 전부 마음에 들었다. 다른 것들은 전부 낯설었다, 그때.

우리 학교는 특이하게 문예창작과 사람들이 농구를 잘했다. 유력한 체육대회 우승 후보일 정도였다. 자연스레 농구부 대부분의 학생 역시 문예창작과여서, 나는 부원들의 글을 강제로 갈취해 읽고는 했다. 물론 문예창작과만 있는 것은 아니었다. 실용음악과, 영화과, 디자인과. 뭔가를 만들기 위해 모인 학교에서, 농구라는 한 가지 종목에 '미친' 사람들의 작은 집단은 나에게 상당히 흥미롭고 사랑스러웠다. 나는 그들에게 집요하게 물었다. 당신들 마음속엔 뭐가 있느냐고. 뭘 쓰고 싶고, 뭘 만들고 싶냐고. 네 안에서 발설하고 싶은 가장 밑바닥이 뭐냐고. 좋은 데 취직해서 돈 벌려고 아등바등해도 모자란 이 사회에서, 비싼 등록금 내가며 돈도 못 버는 예술 왜 하려고 이 학교 들어왔느냐고.

그런 뻔하고 사랑스러운 낭만의 시절이었다. 긴 여름밤 거리를 걸으며 젖은 땀으로 부푼 꿈을 이야기하던

날들. 미래가 두려울 때엔 농구 한 판 하면 괜찮아졌던
날들.

　그 여름날 내가 환해졌듯이

　우리는 사랑으로 그날들을 기억하게 될 것이며

　그 이야기는 여름날 발소리와 함께 이야기로 퍼져
나가 더 소란한 내일이 되겠지.

우리에게 주어진 유한함 속에서

2021년, 나는 안산에 위치한 예술대학교 영상학부에 입학했다. 지금은 영상과 관련된 일을 거의 하지 않아 영상학도라기엔 머쓱하지만, (이전에 동료 작가 D가 나의 카메라와 삼각대를 보고 '그런 걸 왜 들고 다녀요?'라고 했다가 나의 황당한 눈길을 받고는 '아, 영화 했었지. 문학도인 줄'이라고 한 적이 있다.) 그래도 학교에 다닐 때 연출작을 네 번이나 올릴 만큼 영상학부생의 본분에 충실했다(충실하다 못해 열정이 넘쳤다).

한 작품을 찍기 위해서는 팀이 꾸려져야 한다. 총괄하는 연출부터 시작해 조연출과 PD, 미술감독, 촬영, 편집, 음향감독, 배우…. 찍는 동안 24시간 뭉쳐 동고동락하고 머리를 맞댄다. 비유가 아니다. 정말 그 기간 동안은 질리도록 만나 그야말로 개고생을 함께한다. 48시간 무수면 촬영. 길거리에 패딩 깔고 자기. 아스팔트 위에 둥글게 모여 앉아 밥 먹기. 작품의 프리 프로덕션(준비 기간)부터 포스트 프로덕션(후반 작업 기간)까지 두세 달 동안 우리는 학교를 둘러싼 자취촌이라는 작은 왕국 안에 수시로 모여 전우애를 다졌다.

작품이 끝나고, 큰 스크린으로 시사회를 마친 뒤 회식까지 하고 나면 걸어서 5분 거리의 자취방으로 돌아간다. 그때가 되면 빼곡했던 몇 달의 시간이 순식간에 휘발되고 혼자가 된 기분. 찍는 동안엔 이것이 인생의 전부인 것처럼 찰싹 붙어서 사랑하고 싸우고 애틋해하고 울고 영원할 것처럼 난리를 피우다가 끝나고 나면 구속력을 잃고 뿔뿔이 흩어진다. 그렇게 만나고, 헤어지고, 내게로 와주었다가 사라지고… 종종 견딜 수 없이 외로웠다가 벅차게 함께였던 우리. 미운데 좋고, 원망스럽고, 사랑스러웠다. 남는 건 엔딩크레디트의 이름 하나. 작품이 끝나면 속도 모르고 흩어지는 우리의 결속. 그동안 맞았던 손과 발. 우리의….

모순의 시간들.

우리는 새벽에 편의점에 둘러앉아 누구 작품이 어떤지부터 시작해 인생의 무게까지 떠들어댔고, 학교 옆으로 뻗은 안산천을 산책하며 수다를 떨었다. 은밀한 공간이 필요하면 어두침침한 밤에 아이스크림을 물고 그네를 탔다. 그래봤자 어차피 학교 앞이라 누가 지나가도 아는 얼굴일 게 뻔했다. 그래서 아예 동석해 벤치나 중앙 계단에 드러눕기도 하고, 갑자기 라면을 끓여 먹고 음악을 틀고 춤을 추기도 했다. 다짜고짜 전화로 불러내 달랑 아이스크림 하나 먹고 헤어져도 이상하지 않았고, 자려고 누웠다가 새벽 1시에 눈이 펑펑 오면 목도리만 두르고 뛰쳐나가 비슷한 정도로 정신이 나간 친구들과 함께 키보다 더 큰 눈사람을 만들었다.

어느 날엔 동기 한 명이 심심하다고 불러내 벤치에 앉아 마냥 시간을 보냈다. 나는 아이스크림을 물었고 동기는 담배를 피웠다. 동기가 물었다. "언니는 만약에, 결혼하면 누구까지 부를 거야?" 당시엔 부르고 싶은 동기들이 많았다. 우리의 결속력은 졸업이라는 고작 두 음절, 고작 하루 앞에 하릴없이 희미해지는 것임에도. 나는 동기들의 이름을 하나하나 전부 말했다. 지금 와서 생각해보면 가장 현명한 답변은 "그때 돼봐야 알 것 같은데"였을 텐데.

〈애프터칠〉은 내가 세 번째로 찍은 단편영화다. 사이비 기숙학교 안에서 평생 함께 자란 두 친구, 단오와 혜성의 우정과 갈등을 그렸다. 혜성은 사이비에 단단히 심취한 단오를 이해할 수 없지만 단짝인 단오가 너무너무 좋다. 그래서 학교를 뛰쳐나가고 싶기도, 이 순간이 영원했으면 싶기도 하다. 결국 두 친구는 나란히 손잡고 학교를 나간다. 엔딩크레디트에 수많은 이름이 적혔다.

시간이 오래 지난 뒤에, 나는 졸업 학년이 끝나기 전 현장 실습으로 학점을 빠르게 채워 학교생활을 일찍 끝마쳤다. 사회생활을 시작하자마자 학교생활은 벌써부터 아득해졌다. 내가 하는 일은 문학계에 훨씬 가까웠기 때문에 더더욱 그랬다. 그러던 어느 날, 〈애프터칠〉의 퍼스트(촬영 스태프)였던 친구에게 갑자기 연락이 왔다.

— 누나, 그 애들 잘 살고 있을까?

나는 그 물음이 좋았다. 누군가 궁금해해주길 바랐기 때문이다. 그때 그 애들, 세상 어디선가 잘 살고 있으려나, 하고. 엔딩크레디트가 다 올라가도 그 애들을 잊지 않았으면, 이 지구에 이야기로 존재하면서 잘 지낸다고 믿어주었으면 좋겠다고 생각했다. 내가 하는 무용한 상상 중의 하나다. 나도, 내 안에 살고 있는 아이들도, 잘 만든 한 편의 독립영화 주인공이 되어, 사람들이 살다가 문득 '그 영화 주인공, 잘 지내려나' 하고 떠올려주는 것.

내가 만든 이야기니까 어디서 잘 살고 있다더라, 하고 믿으면 그만이다. 하지만 그 이야기가 마지막에 온점을 찍은 순간부터, 아니 사실은 그 이전에 내가 써내려가던 순간부터 이미 그 애들은 나에게서 떨어져 나가 독립적으로 이야기를 이끈다고 나는 믿는다. 난 그렇게 쓰려던 것이 아니었는데 쓰다 보니 벌써 저기까지 달려 나가 있어 전개를 뒤집기도 한다. 이야기가 끝난 뒤에는 어떻겠는가. 나는 그들의 안부를 알 도리가 없다. 나에게서 졸업했다. 떠났다. 나도 소식을 모른다. 그저 상상만 할 뿐이고, 어디선가 잘 지내고 있겠지, 하고 믿을 뿐이다. 그리고 난 이렇게 상상하는 일이 좋다.

아마 그 영화를 추억하는 건 나뿐일 것이다. 많은 사람을 고생시킨 영화. 많이 울고 웃었던, 그렇지만 무척 소중했던 영화. 이제 엔딩크레디트는 올라갔고, 이야기는 다 끝났다. 전부 지나가서 나에게만 남았다. 그런데 그 갑작스러운 물음은 아이들을 번뜩 내게로 데려왔다.

너는 어떻게 생각해? 물으니 퍼스트 친구는 "이제 서로 데면데면해졌을 것 같아. 각자 사회생활도 해야 하고… 학교생활은 끝이잖아" 하고 무척 현실적인 얘기를 했다. 나는 그 대답이 너무나 그럴싸해 상처받고 말았다. 그렇겠지. 학교라는 작은 우물 안에서 그 세상이 전부였고 서로가 전부였던 시절에서 벗어났으니, 이제 서로를 잡은 손은 느슨해졌겠고 아예 놓아버렸을 수도 있겠지. 서로가 서로였던 매듭은 약속으로 맺은 것도 아니니, 어느 날 풀려버리면 그대로 자국 남은 끈만 질질 끌며 앞으로 나아가야겠지. 그 애들도 그럴까.

그래도 그들은 좀 더 나은 세상에서 여전히 조금 미쳐 있고 여전히 사랑하고 있을 것이다. 하나는 뭐라도 사랑하고 싶어 배고픈 아이였고 하나는 마음속 사랑이 너무 큰 나머지 화가 많은 아이였으니까. 여전히 조금 아파하고 있을 것이다. 하지만 서툴렀던 그때보다는 조금 능숙하게 살아가고 있겠지. 마음의 품이 커져서 약간은 미쳐 있는 정신머리를 숨길 수 있을 정도로는 의연해졌겠지. 엎드려 기도하던 마음, 거울 없이도 서로의 얼굴을 비추어 보던 마음으로 잘 살길 바란다. 세상 어딘가에서.

생각해보면 그 영화는 나에게 멋진 일을 정말 많이 가져다줬다. 영화를 후원해주셨던 분들 중 한 분이 시집을 출간하여 편지와 함께 보내주시기도 했다. 그 영화를 찍던 시절의 사진과 일기를 쭉 살펴본 적이 있다. 웃음이 막 나왔다. 크랭크업으로부터 1년 정도 후의 일이었다. 말해주고 싶었다. 1년 뒤의 너에게 멋진 일이 정말로 많이 일어난다고. 그러니까 죽지 말고 살아남으라고. 좋은 일이 일어나리라는 믿음을 갖는 일과 일기를 쓰는 것과 하고 싶은 일로 일기장을 빼곡하게 채우는 무용한 짓을 멈추지 말라고.

좋은 일이 생길 거라고 믿으면서 사는 일. 가끔 남아 있는 게 그런 것뿐일 때가 있다. 그래서 안 생기면 어쩔 건데, 라고 해도 살아남을 그다음 방법은 떠오르지 않을 때. 그렇게 따지면 헛되지 않은 건 없어. 일기를 쓰는 것. 시를 읽는 것. 노래를 듣고 예쁜 옷을 사는 것. 위로받고 잠깐 기분이 좋아졌다가 다시 헛헛해지고 마는 것. 그렇게 따지면 살아남는 것까지 전부.

기대하고 바라는 일이 뭐길래 이렇게까지 맹렬하게 나를 살게 하는지. 어떤 확신도, 구체적인 테두리도 없는 모호한 것을.

왜 이렇게 의미 없는 것들로 삶을 채우나. 왜 쓰지 않고는 참을 수가 없나. 왜 좋아하는 것들과 좋은 일이 일어날 거라는 상상으로 빼곡한가. 그런 무가치한 것들로 가득한 쓸데없는 살아남기. 그런데 진짜로 멋진 일이 일어난다니까.

그 영화에 나왔던 애들의 나날도 무용한 것들의 연속이었다. 바라는 것, 좋아하는 것. 무엇보다도 기도. 좋은 일이 일어나게 해달라는, 혹은 나쁜 일에서 건져달라는 바람. 보이지 않는 대상을 향한 기도. 그 기도는 어디로 가나. 응답 없는 기도는 정말로 무가치한가.

내가 디녀온 시절마다 무수히 올라가는 엔딩크레디트. 그리고 허무하게 풀려버리는 매듭들. 이곳에도 적고 싶지만 적지 못하는 이름들이 있다. 스크린이 꺼지면 안녕도 없이 이별하고 현재를 추억으로 밀어 넣는다. 다음 영화가 시작되기 전에 극장을 비워줘야 하니 언제고 앉아 있을 수는 없다.

그러나 우리에게 주어진 유한함 속에서, 나의 적지 못한 눈부신 이름들은 흩어지지 않는다. 전부 내가 된다. 이제 알 것 같다. 그 애들의 기도는 행방불명되지 않았다는 걸.

언니는 이 글을 영원히 볼 수 없겠지만

내가 중학생 때 언니는 이미 회사원이었으니까 지금 언니는 이미 40대가 되었을 수도 있겠다. 마지막으로 본 언니는 숏컷을 하고 처음으로 차를 샀다고 자랑했다. 그게 마지막이었다.

종종 그런 사람들 있지. 터무니없이 나를 미워하고 이유 없이 나를 떠나기도 하지만 내가 철없고 못되게 굴어도 아무렇지 않게 내게로 돌아와주는 사람들이. 그런 초능력 같은 애정을 보여주는 사람이. 언니는 내가 언니 이름을 따라 하고 언니가 쓰는 글을 따라 써도 모른 체해주었다. 이미 어른이었던 언니는 중학생인 나와도 기꺼이 친구가 되어주고 자신의 일기를 낱낱이 보여주었다. 그럼 난 그 일기에 적힌 감정을 내 것으로 착각하고 흠뻑 젖어들었다.

내가 언니를 제일 많이 따라 한 것은 시였다. 언니는 읽었던 시 중에서 좋았던 문장을 옮겨 블로그에 적었는데, 나는 그게 무슨 뜻인지도 모르면서 언니가 좋았다니 마냥 좋아했다. 좋아하는 사람이 밑줄 그은 문장을 다시 한번 짚어보듯, 그렇게. 세상은 한 사람을 투과하면 사소한 것도 의미가 남달라지고 돌부리 하나에도 의미가 덧대어진다. 그렇게 많은 시가 내게로 왔다. 언니가 내 감정이던 시간들이었다. 시가 뭔지도 모르면서, 중고 서점에 가면 언니가 쓴 글 속에 나온 익숙한 시인들의 시집을 샀다. 언니가 언급한 문장들에 밑줄을 그었다. 다른 말들은 잘 이해할 수 없었으므로 나의 시 읽기는 언니가 아니고서는 이루어질 수 없었다. 그렇게 성인이 될 때까지 언니와 시를 읽었다. 언니가 좋아하는 시는 무작정 따라 좋아하다가, 이내 그 기호가 내 것인지 알 수 없어 시구를 마구 건드리며.

언니처럼 성인이 된 날, 나는 나에게 주는 대학 입학 선물로 황인찬의 시집을 샀다. 언니를 따라 좋아하게 된 시 중 가장 좋아하는 시구를 쓴 시인이었기 때문이다. 대학 기숙사의 황량한 책꽂이에 시집 한 권을 반듯하게 꽂아두었다. 나는 그때까지도 언니가 아니고서는 시집을 읽을 줄 몰랐다.

그런 나에게 한 친구가 시집 한 권을 선물해줬다. 우리 대학 근처에 살며 자주 만나게 된 친구였는데, 집에 놀러 갔더니 책장에 시집이 빼곡했다. 친구는 책을 한 권 한 권 빼서 설명해주고 자유롭게 벅벅 밑줄을 그으며 시를 읽었다. 좋아하는 것과 본격적으로 그 세계에 풍덩 빠져 탐닉하는 것의 차이를, 그 친구가 처음으로 알려주었다. 친구에게 "나도 너처럼 시를 읽고 싶어" 했더니 내가 사는 기숙사 앞까지 걸어와 시집 한 권을 건네준 거였다. 양안다 시인의 첫 시집 『작은 미래의 책』이었다. 이제 막 여름이 시작되려는, 조금 흐리고 습한 계절이었다. 안산의 쭉 뻗은 길과 그 옆을 채운 가로수들, 그 녹진한 초여름. 그날이 아니었으면 아무것도 시작되지 않았겠지.

내가 할 줄 아는 읽기는 따라 읽기뿐이어서 친구의 읽기를 무작정 따라 했다. 밑줄을 긋고 종이 귀퉁이를 접었다. 내 좋아하기의 역사는 오랜 따라 하기의 역사였고, 무언가를 좋아하기 위해서는 이미 그것을 마음에 둔 이를 곁에 두면 되었다. 나는 그 친구를 따라 차곡차곡 시를 읽었다. 언니처럼 마음에 드는 구절을 골라 블로그에 후기를 남겼다. 시집 이야기를 하고 일기를 썼다. 차곡차곡 구독자 수가 불어났고, 어느새 나는 '시 읽는 사람'이 되어 아는 척 떠들고 있었다. 언니 없이.

시 읽기 덕에, 나는 삶에 분명 존재하지만 보이지 않는 유령 같은 감정과 순간을 마주할 수 있었다. 무엇인지 몰라 꾹 참았던 무언가와 시가 만나면 그게 나였다. 난 지갑에 사진을 넣어두듯이 시를 마음에 품고 다녔다. 시를 읽은 이후부터 늘 그랬다. 시를 제대로 읽었는지, 바른 해석이었는지 되짚어보자면 전부가 오독이었다. 그러나 마음속에 절절히 새겨진 시들이 있었다. '나는 영화보다 극장을 더 사랑했지 당신을 밤의 극장으로 데려갔어 내가 사랑하는 걸 사랑하게 하려고'(「인디언 서머」, 『숲의 소실점을 향해』, 민음사), '나의 친구, 네가 이걸 읽는다고 생각하면 내가 다 괜찮아진다'(「시인의 말」, 『천사를 거부하는 우울한 연인에게』, 문학동네). 이런 건 외우지 말라고 해도 외워진다. 그냥 입 밖으로 줄줄 튀어나온다. 나는 내 마음이 적힌, 내 세계와 맞닿은 시를 찾으려고 자꾸만 시를 뒤척거리고 무작정 시집을 사들였다.

언제 나에게 이렇게 많은 독자가 생겼을까.

2022년도에 나는 2년간의 휴학 중에 방황하고 있었다. 그때 수많은 글을 쓰고 남아도는 시간에 심심해서 메일링 서비스를 시작했다. 그리고 그 메일링 서비스로 유럽에도 다녀올 수 있을 정도의 돈을 벌었다. 에그타르트를 건네준 알바생에 관한 글이 알고리즘을 타서 한 번에 몇 만의 구독자가 생겼다. 구독자들은 내가 하는 시 얘기를, 일기를, 메일링을 좋아해주었다. SNS 인플루언서라는 것도, 메일링 서비스 작가라는 것도 나의 이름표가 되지는 않았지만, 그 모든 것이 나를 무럭무럭 자라게 했다. 시 읽기를 바탕에 두고서.

문학에 대해 공부하고 싶은 마음을 글로 풀어 쓰려고 노력해보자니 이렇게도 저렇게도 말할 수 있겠으나 나는 그냥 동경도 사랑도, 열의도 다짐도 아닌 그저 들뜬 마음으로 문학이 좋았다. 전공 수업보다 문예창작과 수업을 훨씬 많이 들었다. 문예창작과 수업에 영상학도는 나뿐이어서 과잠을 입고 들어가면 종종 이상하다는 듯이 보는 사람도 있었다. 근데 어떡해. 나는 수업을 들을 때는 뛰는 심장처럼 행복했고 과제를 할 때는 급강하하는 롤러코스터처럼 행복했다. 과제 점수를 잘 받지 못해도 좋았다. 좋은 교수님들께 수업을 받을 수 있어서 기뻤고, 깊은 이야기를 들을 수 있어 두근거렸다. 배우고 싶은 마음은 어떤 조건도 없이 절대적으로 나를 일으켜 세웠다.

글로는 산산조각 난 내 마음을 묵묵히 쓸어다 전시해도 괜찮았다. 쏟아질 것 같아도 내뱉을 수 없는 말을 누군가 나 대신 근사한 시로 만들어 가슴에 반창고처럼 붙여주기도 했다. 그것들이 그저 좋았다. 새벽 도서관에서 과제를 하느라 차가워진 숨을 내쉬며 쓴 내 글. (교수님은 어떨지 몰라도) 난 봐도 봐도 좋았다. 잘 써서 좋은 게 아니라 쓸 수 있다는 사실이 좋았다. 이럴 수가, 하고 싶은 말이 그렇게나 많던 내게 채워나갈 공백이 충분하다니. 마음에 담아뒀던 말을 다 해도 된다니.

글쓰기에는 마음을 정확히 대변하려는 노력과 마음을 딱 잘라 정의하지 않고 쉬어갈 틈이 공존한다. 글을 잔뜩 공부해서, 내 마음을 잘 써내고 싶은 마음이 부푼다.

나를 이루고 있는 이야기를 인지하고 글을 꾸준히 쓰게 된 이후, 잘 쓰고 싶다는 욕심이 생겼다. 욕심은 눈덩이처럼 불어나 꾸역꾸역 몸집을 키웠다. 나는 겁이 많아서 글을 그냥 행운으로 두고 싶었는데도…. 그러니까 그냥 얼떨결에 찾아온 손님인 채로 두고 싶었다. 글을 정말 내 안으로 들여버리면, 욕심을 내버리면 그 순간부터 잘 안 되기 시작할까 봐. 글이 더 이상 나에게 행운을 가져다주지 않고, 내가 잘 못하게 되어버릴까 봐. 겁이 많아서 허풍을 껌처럼 씹고 부풀렸다. 그러니까 전혀 글 쓸 생각 없다니까. 그냥 쓰는 건데 어쩌다 보니 잘된 거라니까. 힘 주고 쓰면 잘 안 되는 거야 원래. 이런 말장난은 사실 너무 잘 쓰고 싶었다고 빌기 직전에 겨우 내뱉는 말이다.

어느 날부터는 행운 때문에 불안에 떨었다. 또 어느 날부터는 사람들에게 잘 보일 글만 쓰고 싶었다. 내가 감상평을 이렇게나 잘 쓴다고, 알아달라고 소리치고 싶은 것 같기도 했다. 솔직한 글을 써서 사람들이 좋아하니 솔직하게 쓰면 되는데, 내 솔직함이 보기 좋은 솔직함이길 바랐다. 그것이 자꾸 슬픔과 애도를 맴돌아서 어느 순간 내 소중한 읽는 이들을, 행운을 잃어버릴까 봐 사탕을 먹지도 않고 손에 쥐고만 있는 바보짓을 하는 기분이었다. 바보짓인 거 저도 아는데요. 근데 이미 끈적해져서 손에서 놓을 수가 없습니다….

그러다 문득 언니가 여전히 시를 좋아할까 하는 생각.

언니가 다시 시를 좋아하면 좋겠다. 내가 시를 읽는 척 떠들며 조금은 강박적으로 시를 읽게 된 사이, 시와 나를 떼놓고는 설명이 어려워진 사이, 행운이 소진되어 영업을 종료하게 될까 겁을 내는 사이, 그 사이에, 어느

덧 그런 건 다 지우고 옛날처럼 좋아하고 싶어서. 언니가 좋아서 따라 읽는 마음으로 시를 읽고 싶어서.

그러니까 글은 나에게 아무런 행운도 가져다주지 않아도 된다.

언니 없이도 시를 읽게 된 나의 여러 번의 계절,

그리고 언니의 초능력 같았던 애정들….

삶은 종종 손바닥 뒤집듯 바뀌기도 한다는 걸

이제는 영영 알 수 없는 안부가 궁금한 사람들이 있다. 내게는 어떤 빵집 알바생이 그렇다.

고등학교 1학년, 내 삶의 유일한 낙은 어느 프렌차이즈 빵집의 에그타르트였다. 그렇게 맛이 있지도 않은 에그타르트가 그때는 왜 그렇게 좋았는지 모르겠다. 어느 날은 마지막으로 에그타르트를 사 먹고 죽어야겠다고 생각한 적도 있었다. 진짜 마지막이라고 생각하고 에그타르트를 계산하는데 그 알바생이 나한테 사탕 두 개를 줬다. 그날 그 사탕이 나를 죽지 않게 했다. 죽을 수 없게 했다. 사탕이 발목에 걸려서.

이후로도 이따금 나는 그 빵집에 가서 에그타르트를 먹었다. 알바생은 나에게 사탕을 주고, 쿠키를 주고, 내가 산 빵을 예쁘게 포장해서 상냥하게 건네줬다. 좋았다, 그게. 계속 생각났다.

받은 건 꼭 그만큼 갚아야 하는 빚이 되는 거라고 배워서 그 알바생에게 뭔가를 되돌려주고 싶었다. 고작 사탕 두 개였을지는 몰라도 그 사탕은 나를 구원했으니까. 학교 담임 선생님께 넌지시 여쭤본 적도 있다. 어른한테 가볍게 선물하기 좋은 게 뭐가 있을까요. 그때 선생님은 "커피가 제일 무난하지 않을까?"라고 하셨고 나는 스타벅스에서 아메리카노 한 잔을 사서 빵집에 갔다. 지금 생각해보니 커피를 파는 빵집 알바생에게 커피 선물이 적절치는 않은 것 같지만, 그 알바생은 굉장히 쑥스러워하며 에그타르트 하나를 급하게 포장해 내게 주었다. 이제는 안다. 알바생이 빵을 마음대로 막 줄 수 있는 게 아니라는 걸. 이제 와 돌이켜 생각해보니 마음 한쪽이 우르르 무너질 만큼 묘하다, 그 순간이.

그 이후로는 어쩐지 부끄러워서 빵집에 가지 못했

다. 나는 내 마음을 너무 많이 보여준 사람을 멀리하는 습관이 있다. 그러다 나는 이사를 했고, 다시 빵집을 찾아갔지만 가게는 리모델링되고 알바생도 다른 사람으로 바뀐 뒤였다.

이젠 영원히 알 수 없을 것이다. 그 알바생 뭐 하는 사람이었는지. 지금 잘 지내는지. 뭐 하고 사는지.

사탕 두 개만큼의 상냥함이 구원한 삶은 어딘가에서 지속되고 있다는 걸 아는지.

그때 나는 정말이지 위태로웠다. 모의고사를 보다가 별안간 눈물이 쏟아져서 자리에서 몰래 울었다. 아침이면 또 견뎌야 할 하루가 있다는 사실에 절망한 채로 옷장 앞에 한 시간을 주저앉아 있어야만 했던 날들, 그러다가 지각을 간신히 면하곤 했던 날들이. 그냥 그렇게 살아남던 때가 있었다.

무엇보다 나를 두렵게 한 건, 이렇게 평생을 살아야 하는 건가? 하는 의문이었다. 잠들면 내일이 온다. 눈을 뜨면 아침이 있다. 그렇게 하루를, 시간을 견딘다. 견디면서 살아야 하는 하루들이 평생 동안 지속된다는 것이 끔찍하고 두려웠다.

그때 나는 명치에 무거운 물주머니를 달고 다니는 기분이었다. 감당해야 할 삶이 내 몸의 부피보다 커서 주체할 수 없었다. 아침에 가야 하는 학교. 학교가 끝나면 미술학원에 가서 내내 서서 그림을 그려야 해. 그림을 그리고 나면 모두가 보는 앞에서 평가를 받고, 그 뒤엔 독서실에서 공부를 하고, 집에 돌아오면 아픈 엄마. 씩씩하지 못했던 나는 내가 세상에서 제일 애처롭고 슬펐다. 모두가 이 정도는 견디고 산다는 사실이 나를 가장 비참하게 만들었다.

그리고 나는 약간 미쳐 있어서, 어느 날 담임 선생님께 무작정 찾아가 조퇴증을 끊어달라고 했다. 담임 선생님께서 어디가 아프냐고 물어보셔서, 나는 똑똑히 대답했다.

"정신이요. 죽고 싶어요."

그날부터 나는 일주일에 꼭 한 번은 2교시까지만 수업을 듣고 조퇴를 한 뒤에 정신과를 갔다. 모두가 수업을 듣고 있는 적막한 교실을 지나 숨 막히는 햇살이 쏟아지는 버스 정류장에 앉아 있었다. 빼곡하고 나란한 머리들이 돌아가며 정수리를 찧을 때 홀로 뾰족하게 튀어나와 한낮의 정적을 밟았다. 아무도 없는 버스. 당산역. 신도림역. 현대백화점. 진료를 기다리고 있으면 아무도 없는 대기실에 클래식이 흘러나왔다.

내가 죽고 싶어요, 라고 말했을 때 양손을 맞잡고 잠시 침묵하신 뒤 묵묵히 조퇴증을 끊어주셨던 담임 선생님. 그리고 처음으로 정신과에 가서 약을 처방받은 뒤로 나는 깨달았다. 삶이 바뀔 수 있다는 사실을. 절망에서 고개를 돌릴 수 있다는 사실을. 마치 에그타르트 하나에 죽지 않았던 것처럼, 너무나도 쉽게.

삶이 손바닥 뒤집듯 바뀔 수 있다는 사실을 알고 나면, 아무리 무너져도 살아남을 수 있는 탄성을 갖게 된다.
그 사실은 내게 아주 중요한 닻이 되었다. 그런 순간을 가지고 사는 사람은 넘어져도 아주 고꾸라지지는 않을 것이라는 걸 안다.

늘 잘 지냈냐고 물어봐주시는 선생님. 재수 끝에 대학에 합격했을 때 누구보다 기뻐해주시던 선생님. 언제 이렇게 다 커서 돈을 버느냐고 하시는 선생님. 언젠가 선생님도 영영 안부를 알 수 없는 채로 평생을 궁금해할 사람이 될까?

지금 나를 이루는 일상이 지속될 수 없다면 그들의 안부가 내 눈길 닿는 곳에 있어주면 좋을 텐데.

더 사랑하거나 덜 사랑해야 했던 걸까.

어린 날 글자는 내 곁에 있었다

어렸을 때를 떠올리면 아빠의 책들이 가득 쌓인 책장, 묵은 앨범에 꽂힌, 엄마가 학창 시절 글쓰기로 받은 문교부장관상 같은 상장들, 잡지를 펼쳐 엄마의 시를 찾아 짚어내던 손가락 같은 것들이 기억난다. 집 안 벽면을 가득 채운 책들. 소매가 풍성한 옷을 입은 공주가 그려진 동화책과 미야자키 하야오 전기가 나를 길렀다. 지금 와 돌이켜보면 아이에게 허락된 너무 좁은 세계 속에서 나의 정서를 길러준 것은 글이기도 하지 않았을까. 한 사람이 자란다는 건 하나의 인생이 올곧이 서는 것이 아니라 수많은 사람의 경험과 이야기가 하나의 끈으로 땋이는 것이니까.

책 속에는 나도 몰랐던 내 마음이 들어 있었다. 부스러기처럼 흩어져 눈치채지 못한 마음들을 누군가 하나로 빚어 완성해준 것 같았다. 그 문장들을 마주쳤을 때의 가슴 철렁한 환희를 기억한다. 나는 그제서야 내 인생 전반을 아우르고 있던 책의 존재를 알아챘다. 이토록 거대하게 내 삶에 영향을 끼치고 있었다는 걸, 정말 몰랐다.

대학 시절 기숙사 생활을 하며 외로울 때마다 찾았던 학교 도서관. 책장 사이사이에 위치한 소파에서 아직 덜 마른 머리칼의 물냄새와 함께 시집에 파묻혀 살았다. 너무 바빠 공허한 마음을 달랠 겨를이 없을 때면 책이 그리워졌다. 어릴 때와 똑같았다. 초등학교의 손바닥만 한 도서관 책장 사이에 앉아 방과 후 종일 책을 읽고, 책을 빌려 집에 오는 내내 걸으면서도 책을 읽던 기억. 연보라색 대출 카드. 왜 몰랐을까, 책이 나를 기르고 있었다는 걸. 문장들은 웅크려 있다가 어느 날 갑자기 돋아났다. 나도 몰랐던 내 마음을 책에서 발견해 마음속에 넣어두었다가, 가끔 꺼내 보며 설명할 수 없는 날들을 지탱하고 살았다.

　나라는 원본에 타인의 인생이 책을 통해 한 겹 두 겹 쌓이면 한 시절의 정서가 빚어진다. 책 속에 적힌 활자를 따라 타인의 우주 속에 잠입하고, 들어본 적 없는 목소리를 떠올리며 알 수 없던 수십 갈래의 내 마음을 마주친다. 내 불안하고 정체 모를 마음을 똑같이 겪고 그 마음을 활자로 가지런히 놓아둔 사람이 어딘가에 분명히 있을 거라는 사실은 방황을 잠잠하게 해준다. 그럼 기꺼이 나는 헤맨다. 활자의 바다를 따라, 미끄러지듯.

15도와 45도의 햇빛

고등학교 때, 2년간 같은 반이었던 여자애가 있다. 이런저런 교내 활동을 같이했기 때문에 꽤 가까웠지만 서로 친하다고 부르기는 쑥스러운, 딱 그 정도 사이였다. 시간 맞으면 가끔 함께 하교하고, 버스에서도 옆자리에 앉고, 밥도 같이 먹고, 그러나 시간을 내 따로 얼굴 볼 일은 없는 그 정도.

모두가 저 애를 한 번쯤 좋아한 적이 있지 않을까?

그 애를 보면 항상 그런 생각을 했다. 세상에 걔를 미워할 사람은 없어 보였다. 없지 않을까?가 아니라, 정말 없었다. 그 애는 정말이지, 태양처럼 빛나서 모두가 한 번씩 돌아봤다. 타 죽을 일 없는 고요한 양지처럼 옆에 있으면 그저 환한 기분이었다. 세상 모두가 이렇게 생각할 게 분명했다. 살다 보면 가끔은 터무니없는 확신이 들 때가 있는 법이다.

아무튼 나도 그 '모두' 중 한 명이었기 때문에 그 애를 좋아했다.

그래서 고등학교를 졸업하던 날, 그 뒤통수를 엄청 오래 쳐다보고 있었다. 이게 우리의 마지막이라는 걸 적어도 나는 알고 있었기 때문이다.

물론 내가 정말 그 애가 좋아서 오래오래 연락하고 싶었다면, 더 가까운 친구가 되고 싶었다면 얼마든지 연락할 수 있었을 것이다. 그리고 그 애는 받아줬겠지. 우린 그 정도 사이는 되니까. 연락을 주고받고, 약속을 잡고, 시시콜콜한 이야기를 나눌 수 있었을 것이다. 하지만 그러지 않았다. 그러지 않아야만 함을 나는 알았다.

여기서 멈춰야만 한다는 강한 확신이 섰다. 정말, 아무도 가르쳐주지 않았는데도.

우리의 유효기간은 여기까지임이 너무나도 명확했다. 모른 척 붙잡아봤자 너무 가느다란 날들만이 기다리고 있을 뿐이라는 것.

졸업식 이후로 우리는 정말 다시는 보지 않았다.

사회 초년생 여자애 혼자 유럽 여행을 간다고 하면 다들 용감하다고 말한다. "영어는 잘해?" 아니요. "그럼 혼자 해외는 가봤어?" 아니요. 그러고 나면 '도대체 무슨 배짱으로 가는 거야?'라는 뜻이 담긴 듯한 감탄이 이어진다. "너 대단하다."

하지만 내가 혼자 유럽에 갈 수 있었던 것은 대담해서도, 거창한 뜻이 있어서도 아니었다. 어느 날 유럽에 덜렁 버려진 거였다. 함께 유럽에 가기로 한 언니 때문이었다. "미안한데, 나 다른 나라 가고 싶어졌으니까 그냥 너 혼자 가. 정 무서우면 유럽 여행 커뮤니티에서 동행 구해서 같이 잘 다니길 바랄게." 함께 비행기표까지 끊고 난 이후였다. 그러고 나자 여행에 대한 기대는 전부 사람에 대한 실망과 홀로 타지에서의 외로움을 견뎌야 한다는 공포로 변했다. 출국 전까지 계속 악몽을 꿨다. 여권을 잃어버리는 꿈, 인종차별을 당하는 꿈. 가지각색이었다. 그러나 괜한 오기가 생겼다. 여행을 포기하고 싶지는 않았다. 오직 내 힘으로 모은 돈을 들고 훌쩍 떠나는 유럽 여행. 매력적이고 탐나는 한 줄의 경험이 갖고 싶었다.

커뮤니티에서 사람을 만나라는 언니의 마지막 말은 잊을 만하면 떠올랐다. 안 그래도 내딛는 걸음마다 처음인 곳에서 낯선 사람을 만나라니. 애써 새로운 사람을 만나 알아가기 위해 노력하고, 그러기 위해서 체력을 쓰고, 위험을 감수하고…. 그런 부담을 떠안고 싶지 않았다. 난 동행 같은 거 절대 안 구해. 하지만 여행이 언제나 그렇듯 매일이 뜻과는 정반대로 흘렀다. 질리도록 새로운 사람을 만났다. 자리가 없어서 합석한 테이블의 한국인 부부는 알고 보니 대학 선배였고, 열두 시간을 함께 비행하며 친해진 언니들과는 바르셀로나에서 다시 만났다. 식당에서 여러 메뉴를 맛보고 싶을 때마다 우연히 마주친 수많은 한국인. 그렇게 연결된 사람들. 그들과 함께 밥을 먹고 시간을 보냈다. 자꾸자꾸 친구가 생겼다. 결심은 줄곧 깨졌고 편견은 계속해서 깨달음으로 다시 쓰였다. 꽁꽁 감추고 내주지 않으려던 곁에 누군가 계속 동행하고 있었다.

그러다 보면 이상한 정적이 찾아왔다. 바로 그때 우리는 같은 생각을 했다.

이게 우리의 마지막이야.

함께해서 즐거웠지만 오늘을 마지막으로 다시는 보지 않을 우리. 여행 초반, 도시를 떠나며 누군가에게 물었다. "언니는 여행지에서의 인연은 여행지에서 끝내는 스타일이에요?" 포르투갈에서 내내 나를 챙겨주던 친절한 언니의 그렇다는 대답을 곱씹으며 씁쓸해했다. 언니를 찍어준 필름 카메라의 사진은 현상하고 나서도 전해줄 수 없겠지. 번호를 주고받지 않았으니까.

이 사람은 언제까지 내 옆에 있으려나. 시간이 지나 여행 막바지에 다다랐을 즈음엔 나도 어느새 시니컬함에 전염되어 있었다. 파리에서 와인 한 잔에 빨개진 뺨으로 조용히 웃던 A를 보며 생각했다. 매일 숙소 거실에서 왁자지껄 떠들며 나와 콤비로 묶였던 오빠와는 본명마저 주고받지 않았지만, 차가운 첫인상이 어렵게 느껴졌던 A와는 귀국 후에도 안부를 주고받았다. 인연의 흐름이 도통 예상대로 되지 않았다.

여행지라는 시공간의 특별함을 벗어나면 우리는 단번에 미약해진다. 돌아간 일상에서 서로는 더 이상 필요하지 않으니까. 파리에 머무는 내내 나를 딸내미라 부르던 아주머니의 품에 안겨 생각했다. 한국에서도 이렇게 선뜻 안아주실까? 명확한 유효기간을 피차 알고 있는 동행. 그러므로 그 순간만큼은 특별해질 수 있는 동행. 분명 '한 번 보고 말 사이'라는 정의 아래에 보호받는 순간도 있었지만, 마주치는 사람마다 자꾸만 소중해져서 내내 섭섭한 마음이었다.

예상치 못하게 포르투에 오래 머물렀다. 포르투는 작은 도시라 하루이틀이면 금세 돌아볼 수 있었다. 길거리 구석구석 가게들을 잔뜩 구경하고, 마트에서 장을 보고, 필름 카메라 가게에서 필름까지 인화를 하고도 긴긴 시간이 남았다. 늦은 시간까지 잠들지 못하거나 아주 이른 시간에 깨기를 반복했다. 숙소 창문을 열면 도루강이 반짝였다. 이른 보랏빛 새벽, 문득 한국에서 영상통화가 걸려왔다. 지해 언니였다. 한국은 화창한 낮 시간이었다. 지영이와 함께 내게 전화한 지해 언니는 자동차 번호판 숫자가 웃겨서 네 생각이 났다느니 하는 시시콜콜한 이야기를 하면서 나를 웃게 하다가 물었다.

"왜 이렇게 얼굴이 슬퍼 보여."

어떤 밤에는 살아온 날들을 떠올리며 심장을 사포로 문지르는 혼자를 절실히 마주한다. 그리고 비로소 보게 되는 것들. 쫓기듯이 어디론가 달려가 무엇인가 잡으려고 손을 뻗으면 잡히는 것은 전부 물로 만들어진 무거운 종이.

왔다가 사라지는 것들이 두렵다. 대체로 내 삶을 지탱하는 건 '언제든지'니까. 언제든지 다시 볼 수 있어. 언제든지 다시 할 수 있어. 그런 희망. 이루려는 의지가 없는 희망이라도 내겐 중요하다. 무언가 남겨놓은 채로 내버려두는 일이 나를 보호하고, 안심시키고, 괜찮다고 이야기해주니까.

그래서 나는 유효기간이 너무나도 명확한 것들을 눈앞에 두고도, 다시 한번.

언제든지.

스페인의 태양 빛은 15도와 45도로 떨어진다. 이 각도의 빛은 사물을 가장 명확하게 보여주기 때문에, 사그라다 파밀리아 성당의 창문으로 떨어지는 빛은 환상처럼 보여도 무엇보다 정확한 시야를 제공하는 셈이다. 이 각도를 벗어난 햇빛은 사물을 약간은 다르게, 더 멋지게, 더 뿌옇게, 더 쓸쓸하게 보여주므로 우리는 신기루를 보고 헛것과 환상을 본다. 유한함이라는 착각 속에서 우리는 손을 뻗는다. 지난 모든 시간이 내가 된다.

언제든지, 라고 생각하며.

2부

네가 덧대진 지구

애프터칠

#??? 운동장/수요일 낮/날씨 더움 ________________________________

가끔 매일이 이대로 반복되었으면 좋겠다는 생각이 들

때가 있다.

시간이 지나면 분명 이 순간을 그리워하게 될 것이다.

#??? 기숙사/밤 ____

혜성　넌 밤마다 무슨 기도 하는 거야?

단오　맨날 하는 거잖아. 새삼스럽게.

혜성　다르잖아, 늘 하던 기도문이랑. (뜸을 들이다)

　　　원래 기억하고 싶지 않은 것들만 제일 선명하

더라.

잠시.

　　단오　넌 왜 그렇게까지 일기를 써?

단오를 이상하다는 듯 바라보는 혜성.

　　혜성　요즘따라 궁금한 게 많다?
　　단오　쓸데없잖아. 하지 말라는데.

단오를 빤히 보다가 말을 잇는 혜성.

　　혜성　쓰지 말라니까 더 쓰고 싶고, 그리고….
　　　　　일기를 쓰다 보면 나도 몰랐던 내 마음이 튀어
　　　　　나와. 내 마음이 이렇게 생겼구나. 글자로 보이
　　　　　는 거야.
　　　　　지금 한 줄로 기쁘고, 다섯 줄로 화가 나고, 열

줄로 슬프구나….

단오에게.

잘 살던 너를 내가 어지럽힌 것 같은 기분이 종종 들어.

그래도 우리 나란히 팔짱을 끼고 무너지지는 말자.

숨 쉬는 걸 멈추지는 말자.

껴안기를 멈추지는 말자.

우리의 행방불명된 기도를 위하여.

우리는 무시로 웃고 별안간 울다가
잠에 들었다

나는 갓난쟁이였을 때부터 엄마와 떨어져 전라북도 무주군 금척마을에서 할머니 손에 키워졌다. 시골집에 가면 손발도 못 가누는 내가 할머니 품에 안겨 영문도 모르는 표정을 짓고 있는 사진이 여전히 걸려 있다. 엄마가 갑상선암에 걸려 입원해 계셨기 때문이다. 나를 제대로 안아보지도 못하셨던 엄마는, 엄마를 돌보랴 나를 보랴 서울과 무주를 왔다 갔다 하는 아빠를 붙잡고 내 얘기 좀 해달라고 성화였다고 한다. 기껏해야 입만 뻐끔대는 갓난아이 얘기가 뭐 할 게 있다고, 아기 얘기 좀 해봐, 오늘 아기 뭐 했어, 하고. 난 그 생각을 하면 엄마보다도 오빠가 더 짠하다. 그때 오빠는 기껏해야 세 살이었다. 눈치를 보며 참은 건지, 원래부터가 착했던 건지는 몰라도 오빠는 참 순한 아기였는데, 그래도 어린이는 어린이였던지라 종종 놀아달라고 아빠를 보챘다. 피곤함에 찌든 아빠는 가끔 오빠에게 버럭 화를 내기도 했다고 한다. 그게 아직까지도 그렇게 마음에 남는단다. 그때의 오빠를 생각하면 눈물이 난다. 내가 집에 돌아오던 날, 우리 애기, 하면서 뛸 듯이 기뻐했다던 나의 오빠.

엄마는 갑상선암에 이어서 폐결핵으로 오래 입원하셨다. 폐결핵이 낫고 내가 고등학교에 입학했을 즈음에는 폐암이 찾아왔다. 정말이지 내가 먼저 죽고 싶었다. 죽고 싶은 마음을 참느라 등교 전에 한참을 옷장 앞에 가만히 앉아 있어야 했다. 한 시간이 걸린 적도 있었다. 그러니까 나는 내내… 그런 것들을 생각했다. 언젠가, 수업 중에, 불시에, 전화가 오지 않을까. 갑자기 선생님이 나를 부르지 않을까. 그래서 내가 짐을 싸고, 아이들이 나를 보는 시선을 견디면서 병원으로 향해야 하지 않을까, 그런 순간이 오면 나는 어떤 표정을 지어야 하나. 일생을

준비한 애도의 순간이 들이닥치면 나는 와르르 무너질
수 있을까.

그리고 쏟아지듯 무수한 이별이 찾아온 어느 해 여
름. 나는 깨닫게 되었다. 앞으로 인생에 발생할 사건들은
지금까지와는 비교도 안 될 만큼 압도적인 사건들이 될
거란 것을. 시험 성적표에 울고 웃고, 관계의 흐트러짐에
침울해하고, 전공을 고민하는 일이 세상의 전부였던 시
기를 지나, 죽고 사는 것, 내 손으로는 어쩔 수 없는 것, 이
제는 도무지 신의 영역이라고밖에 할 수 없는 일들을 마
주하리라는 것을.

아니, 어쩌면 태어났을 때부터 나는 차곡차곡 애도
의 옆자리에 있었는지 모른다.

기이할 정도로 숱한 장례식을 지켜보며 들었던 생
각은 장례식은 유가족에게 충분히 슬퍼할 시간을 주지
않는다는 점이다. 유가족들은 슬퍼할 새도 없이 장례식
장 예약을 잡느라 분주하다. 우리는 마치 알바생처럼 바
쁘게 손님들을 맞고 손님들이 울면 따라 울었다. 발이 퉁

퉁 붓도록 돌아다니며 손님이 오면 벌떡 일어나 상을 차리고, 무시로 웃다가 별안간 울고 잠에 들었다. 그리고 때가 되면, 그러니까 보내야 할 때가 되면… 그제야 슬퍼할 수 있는 허락을 받았다는 듯이, 엄숙하게 쇠 침대 위에 누운 이를 보며, 줄지어 만지고, 약속처럼 다 함께 울었다. 부드럽고 뽀얀 피부. 할아버지가 내게 마지막으로 남긴 말은 "우리 손녀 더 먹어"였는데. 난 그게 정말 마지막인 줄 몰랐어.

다시 볼 수 없다는 건 뭐지?

할아버지 입관식 때 염하시는 분들이 말씀해주셨다. "수의에 눈물 묻으면 무거워서 못 가세요." 그러든가 말든가 난 할아버지를 안고 인사했다. 할아버지 잘 가. 사랑해. 눈물이 묻건 말건 알 게 뭐람. 정말 내 눈물이 묻어서 보내지 않을 수 있었다면 그렇게라도 할아버지를 잡았을 것이다.

장례식은 화기애애했다. 외가 식구들은 둘러앉아 웃

으며 할아버지를 추억하고 손님을 맞고 음식을 날랐다.

그런 시간이 끝나면 사망진단서를 한 장씩 나눠 갖고….

장례식은 삶의 축소판 같다. 절차를 밟고, 밥도 먹고, 웃기도 하고, 때때로 슬퍼한다.

너무 슬프니까 아빠는 그냥 생각 안 하려고 해. 내가 태어나기도 전에 돌아가신 아빠의 친엄마를 떠올리며 아빠는 늘 그랬다. 아주 어렸던 나는 그 말을 듣고 슬픈 일을 천으로 덮어두려고만 했다. 강아지가 죽었을 때도, 엄마가 누워 있을 때도, 일단 덮어두고 나면 내가 덤덤하다고 믿게 됐다. 그러다 그 밑으로 감정이 흘러나오면 견딜 수 없었다. 이상하네. 난 이제 20대 중반이고 세상에 할아버지 돌아가신 게 나쁜만도 아닌데. 난 이별에 아직 서툴렀고 그런 스스로가 너무 우스워 보였다. 내가 보낼 수 없는 건 영혼만이 아니었다. 내 어린 시절이 여전히 지속되고 있다고 믿게 해주었던 요소들. 엄마, 아빠, 같은 집엔 안 계셔도 분명히 느낄 수 있었던 할아버지의 존재, 어떤 공간. 하지만 이제 어떤 것은 완전히 삭제되었고 다시는 전으로 돌아갈 수 없다고 느낄 때마다, 내 삶을 이루던 요소들이 하나씩 변해버릴 때마다 다가올 앞날이 비참하게 느껴졌다.

여전히 애도하는 일에, 슬퍼하는 일에 있어 어색하다. 이 사회가 내게 허락한 슬픔이 터무니없이 적다고 느껴지기도 한다. 난 아직도 불안에 떤다. 뜬금없는 시간에 전화가 오면 심장이 떨어져서 헐레벌떡 전화를 받는다. 큰일이라도 난 것만 같아서. 앞으로 큰일만이 남은 것 같아서.

그러니까 나는 사랑했음을 참지 않기로 한다. 내가 쥔 가장 힘센 무기는 솔직함이니까. 솔직해서 조금 창피하고, 솔직해서 조금 후회하고, 그래서 돌이킬 수 없어지더라도, 보고 싶었다고, 당신이 궁금했다고, 내게 소중한 사람이었다고 말하는 일을 멈추지 말아야지. 이것이 내게 남은 최선의 애도다. 그러다 보면 정말 되돌릴 수 없는 인연에 대해 중얼거리는 일도 차츰 줄어들겠지. 견딜 수 없이 보고 싶은 일도 참을 수 있게 되겠지. 애도와 함께 자라난 내 삶도 새로운 만남을 위한 시작이 되겠지.

다시는 볼 일 없는 사람.

이제 내 세상에 없는 사람.

두 가지 경우가 있다. 세상 어딘가에서 잘 살고 있겠지, 상상이라도 해볼 수 있는 사람과 이제 정말 그런 상상조차 할 수 없는 사람. 미친 척 찾아가 얼굴이라도 보고 싶지만 그럴 수 없는 사람.

오직 나의 세계 안에서 지워지는 이름들을 기억하며 마음을 오래오래 쓸고 닦는다. 나는 더 이상 찾아오지 않는 블로그 구독자도, 메일로만 인사를 주고받았던 따뜻한 거래처 사람도, 전부 잊을 수 없어서….

이런 건 정말 사는 데 하등 도움이 안 된다.

별것도 아닌 따뜻함에 일방적으로 의탁하는 일. 마음을 열어젖혀 전부까지는 아니더라도 반 정도는 누구에게나 주고 싶은 충동.

하지만 그래도 나는….

계속 이렇게 살고 싶다. 상처받으면서도 솔직하게. 주고 싶은 사람에게 마음을 주면서. 그러지 않았더라면 무엇과도 바꿀 수 없는 얼굴들을 만날 수 없었을 테니까. 마음 앞에 희미하고 건조해지고 싶지 않다. 난데없이 깊은 주머니를 탈탈 털어 무자비한 사랑을 갖고 싶다. 상처받고 울면서도, 끝끝내 얻고 싶다. 나의 보호막이 되어준, 누구에게도 내줄 수 없는 당신들을.

그렇지만 어떤 날엔 그들을 다시 볼 수 없다는 사실이 참을 수가 없다. 내게 아무것도 남겨두고 가지 않은 것처럼 느껴지는데도.

이제 당신의 남은 안부는 잘 지내고 있다는 믿음뿐이라는 것이.

소연이

초등학생 때 나를 졸졸 쫓아다니던 여자애가 있었다. 소연이. 안경을 끼고 공부를 잘하는, 하얗고 귀엽게 생긴 소연이는 우리 반 부반장이었다. 반장은 나였다. 학부모 참관수업 날, 소연이 어머니가 나를 보고 말했다. 소연이가 집에 오면 하루 종일 네 얘기를 한다고. 네가 뭘 입었는지, 뭘 먹었는지, 뭘 했는지 떠든다고. 그리고 눈치가 비범하고 맹랑했던 나는 소연이가 그럴 줄 알고 있었다. 소연이가 나의 어떤 지점을 좋아한다는 것을. 아직도 소연이가 나를 왜 그렇게까지 좋아했는지는 잘 모르겠다. 소연이와 끝까지 친해지지 못했기 때문에 물어볼 수 없었다.

눈에 띄게 예쁘지도, 키가 크지도, 잘나가지도 않았던 아이. 좋은 아파트에 살지도, 전교 1등을 할 만큼 공부를 잘하지도, 유창하게 말을 잘하지도 않았던 아이. 나는 뭐든 어중간했다. 그런데 소연이는 나를 좋아했다. 그런 소연이와 끝내 친해지지 못했던 것은 소연이가 결국 나를 미워하게 됐기 때문이다. 내 가방을 밀치고 가던 소연이. 친구들과 동그랗게 서서 내 이야기를 하던 소연이. 소연이에게는 나를 좋아했던 이유도, 싫어하게 된 이유도 영영 물어볼 수 없었다. 성씨도 기억나지 않는 소연이. SNS에 이름을 검색해도 절대 찾을 수 없는 소연이.

내가 배탈이 나면 매실차를 따라주던 소연이.

그럼에도 공책에 그날의 나를 낱낱이 보고하며, 탐닉하듯 미워하던 소연이.

첫 소연이를 시작으로 내 삶에 무수한 소연이가 쌓였다.

'탄생일로 일본식 이름 짓기' 표가 종종 SNS 추천 탭에 뜨는데, 그걸로 내 이름을 지으면 2월은 아이, 28일은 쓰바사이므로 난 아이노 쓰바사가 된다. 사랑의 날개. 썩 마음에 들지 않는다. 날개에 별로 좋지 않은 기억이 있어서다. 소연이가 나를 좋아하던 때, 나는 소연이 대신 절친이 된 친구 세 명과 날개 모양의 우정 반지를 맞추었다. (소연이가 그래서 나를 미워했을까?) 이제부터 우리 모임 이름은 날개야. 그렇게 말하고는 함께 놀았다. 그 친구들과 교환 일기도 썼다. 그런데 어느 날 교환 일기가 아닌 다른 공책을 친구의 책상에서 발견했다. 평소 같으면 보지 않았을 텐데, 그 공책은 자석처럼 나를 끌어당겼다. 어쩌면 느끼고 있었기 때문일지 모른다. 내가 그 아이들에게서 서서히 버림받고 있다는 것을. 공책을 집으로 가지고 와 찬찬히 읽어보았다. 나를 맹렬하게 욕하는 글이 잔뜩 적혀 있었다. 날개를 버리고 우리끼리 와이로 이름 짓자. 그 애들은 나를 여전히 친절하게 대하면서도 와이? 와이? 하며 짓궂게 장난을 치곤 했다. 나는 그 애들만의 교환 일기를 읽고 또 읽었다.

나는 울지 않았다. 그 공책을 버리지도 않았다. 책장

한구석에 가지런히 놓아두었다.

소연이가 남자아이로 처음 등장했던, 교복이 젖던 어느 여름날.

그 여름 소연이와 나는 서로 좋아했다. 소연이를 떠올리던 늦은 밤이 떠오른다. 소연이를 한창 좋아하던 마음이 깊어졌던 추석 즈음, 나는 시골 밤길을 산책하며 소연이를 그렇게도 생각했다. 익은 곡식이 흔들리는 소리가 간지러운 추석의 둥근 밤. 늦은 시간까지 문자로 좋아하는 만화와 책, 영화와 드라마 얘기를 했다. 나는 소연이의 이야기를 같은 무리인 은정이에게만 말하지 않았다. 은정이도 소연이를 좋아한다고 생각했기 때문이다. 그리고 그것이 발각된 어느 날, 등교를 했더니 나는 친구를 왕따시킨 학교 폭력 가해자가 되어 있었다. 소문은 흐느적거리며 뻗어나갔다. 무더운 여름, 혼자 우두커니 서 있었던 체육 시간. 모두가 팔짱을 끼고 마음을 엮으면 의지가 단단해지기 마련이라, 혼자서는 하지 않았을 생각까지 자라나 몸집을 키우게 된다. 학교가 끝나면 아이들이 나를 불러놓고 둘러싸 다그쳤다. 무리는 점점 더 커졌다. 덩치 큰 남자아이가 사물함을 발로 세게 찼다. 매일 집으로 돌아간 사이 알 수 없는 무언가가 무성해졌다. 모두가 그것을 믿었고 나는 그들이 믿는 것이 무엇인지 알 수 없었으며 알고 싶지도 않았다. 쉬는 시간이 되면 나를 때리려는 남자아이들을 피해 수업 종이 칠 때까지 화장실에 숨어 있었고, 결국 졸업할 때까지 텅 빈 상담실에서 남은 학창 시절을 보냈다.

그래도 나는 울지 않았다.

상담실은 아무도 사용하지 않는 공간이었으므로 한동안 나만의 아지트였다. 친절한 상담 선생님이 온풍기를 가져다주셨다. 문구멍을 가리고, 이어 붙인 의자 위에 담요를 여러 겹 쌓자 얼어붙은 마음이 누그러지기까지 했다. 그 겨울, 나는 그 안에서 책을 읽고 당시 유행하던 컬러링북에 색칠을 하며 시간을 보내다 모두가 집에 돌아간 뒤 담을 넘어 하교했다.

그 여름과 겨울. 신발 위에 뱉어진 침. 이거나 먹어라, 하며 던져지던 사탕과 초콜릿. 그리고 나를 모른 체

하던,

소연이.

중학교 졸업식이 끝나고 반 친구에게서 문자가 한 통 왔다. 우리 반은 생일인 사람에게 모든 학급 친구가 롤링 페이퍼를 써주었다. 내 생일은 하필 2월이라, 졸업 직전, 새빨갛게 올랐던 열이 나의 부재와 함께 차츰 사그라들던 12월에 적혔다.

— 네 롤링 페이퍼 우편함에 넣고 갈게.

나는 끝내 그 종이를 보지 못했다. 어디로 갔는지 찾을 수도 없다. 소연이도 롤링 페이퍼를 썼을까?

늘 생각한다. 만약 내일 지구가 끝난다면 나는 그 애한테 물어볼 것이다. 거기 뭐라고 썼느냐고, 쓰기는 썼느냐고.

살아갈 날이 많으니 참는 말이 많다. 지구가 끝장날 지경이 되어야만 꺼낼 수 있는 말이 고작 이런 질문이라니. 그 남자애와 얼마 전, 10년 만에 정말 우연히 만났다. 결국 물어보진 못했다. 우리에겐 남은 삶이 있으니까. 남은 관계가 있으니까. 사람들은 전부 지구가 멸망해야만 용서받을 수 있는 솔직함을 가슴에 품고 산다. 사람들 마음을 저울에 달아보면 다들 만만치 않게 묵직하겠지. 그렇게 생각하면 용서할 수 있을 것도 같다. 소연이를.

　대학교에 와서도 소연이를 만났다.

　소연이는 내가 고백을 받아주지 않았다는 이유로 살이 얼어붙을 것 같은 한겨울에 나를 길거리에 세워놓고 이 씨발 년아, 병신 같은 년아, 개 같은 년아, 대학교 자취촌 골목에서 고래고래 소리를 지르며 옆에 쌓여 있던 쓰레기봉투를 발로 차고 (나는 그때 그것이 나를 발로 차는 것과 다름없다고 생각했다.) 내가 집으로 돌아가려고 하자 택시를 타는 순간까지 쫓아왔다.

　대학에 다니는 동안 무수한 소연이를 만났다. 소연이들은 고백을 하거나 은근히 주변을 맴돌다가 일이 뜻대로 흘러가지 않으면 나에 대한 나쁜 소문을 내고 다녔다. 내가 주워들은 소문 중에 진짜 나는 어디에도 없었고 그것들은 통일되어 있지도 않았다. 아니, 사실 그것들이 나였는지도 모르겠다. 나는 그저 존재했을 뿐인데 그 이야기가 나를 만들었다면, 그것이 나였는지도 모르는 일이다. 그러나, 단 하나의 분명한 진실. 난 상처받았는데 그 모든 것을 어디에도 말할 수 없었다는 것. 비겁하게도 그 소문들은 오직 나만이 얽힌 이야기였고, 나는 또 다른 상처와 부수적인 잔해를 만들지 않기 위해 꾹 참아야만 했다.

내가 살면서 만난 무수한 소연이. 이유를 알 수 없는 수많은 호의와 선물, 그리고 그 후에 뒤바뀐 모습들. 어떤 소연이는 그저 그렇게 마음을 주었다가 희미하게 떠나기도 했고, 어떤 소연이는 강렬한 상처로 남아 아물기까지 몇 년이 걸리기도 했다. 어떤 소연이는 나보다 나이가 아주 많았고, 어떤 소연이는 너무 잘나서 그가 나의 소연이라는 것이 나를 공포스럽게 했다. 멋진 소연이에게 버림받는다는 건 너무 슬픈 일이니까.

왜? 라고 물어봤자 답은 영원히 들을 수 없겠지. 그리고 가장 고통스러운 것은, 화를 내고 분노해야 했는데. 분명 그래야 했는데…

상처받았다는 것. 그래서 많이 울었다는 것.

그들이 아니라 나를 미워했다는 것.

나를 자라지 못하게 하는 것들이 있다. 진술할 수 없는 고통이 영영 나를 과거에 살게 한다. 멈추지 않는 애도가 반복되고 끝도 없이 나는 슬퍼할 것 같다. 내가 사랑한 것들이 떠나간 자리를 맴돌고, 내 심장에 칼을 꽂은 사람들이 쥐었던 손잡이를 물끄러미 바라만 보고 있을 것 같다. 그러다 나아갈 자리를 공백으로만 두는 게 나의 삶이 될 것 같다.

이를테면 어떤 여름날, 뙤약볕 속 공원에 주저앉아 혼자 영영 울었던 기억. 그맘때쯤 나는 내 인생에 구멍 난 시절이 있었다는 것을 깨달았고, 그게 잘못된 일이었다는 것을 서서히 받아들이고 있었다. 누군가에게 도움을 요청하고 싶고 이야기하고 싶고 글로 쓰고 싶은데 아무것도 할 수 없었다. 나의 상처와 고통의 고백은 언제나 장황하고 숨 막혔지만, 누구도 이해시킬 수 없이 애매모호했기 때문이다. 설명을 시작하기도 전에 포기하게 만드는 슬픔에 잠잠히 두 발목을 붙잡힌 채로, 그 슬픔에 명치를 짓눌린 채로 살아야만 하는 시절이 있었다. 나의 삶이 일반적인 궤도를 맴돌고 있다고 믿었는데, 사실 기억을 도려내지 않고서는 견딜 수 없었던 작용이 존재했다는 것. 그걸 받아들이기 전까지 나는 아주 느리게 자랐고, 괜찮아지는 게 뭔지는 도통 알 수가 없었다.

나를 자라지 못하게 한 것. 이를테면 나는 아무것도 하지 않았는데 껍데기의 내가 낱낱이 고발당해 늘 해명하는 기분으로 살았던 것. 창피하게도 분노하기보다 먼저 상처받았다는 기분을 느꼈던 것. 그래서 늘 사람을 죽이고 싶은 마음을 가지고 며칠 몇 달 몇 년을 산 것. 슬픔은 지나갔으나 분노와 공포가 스치기만 하면 튀쳐나와 나를 두렵게 한 것.

그러고도 내가 자랄 수 있을까. 글로 써낼 수 없는 것을 가지고도 자랄 수 있을까.

여전히 나는 쓰고 싶다. 좋아하는 마음. 죽이고 싶은 마음. 상처받은 마음. 내 모든 뾰족한 모서리와 낱낱의 상처에 대해. 그런데 쓸 수 없다. 내가 겪은 이야기 속 나는 살아 있고 앞으로도 살아가야 하므로. 누구도 이런 나를 이해할 수 없고 이 발화는 모두의 짐이 될 것이므로. 껍데기 없는 모호함만 가지고도 내가 자라고 쓸 수 있나. 말할 수 없는 마음만이 피어나고 사실 나는 그냥….

미안하다는 말이 듣고 싶었는데. 그러면 다 잊고 정말 자랄 수 있을 것 같은데.

하지만 그런 건 영원히 들을 수 없겠지. 그걸 받아들이면 내가 다 큰 거겠지. 내 무의식이, 내 꿈이 그걸 받아들이면.

그때까지 난 그걸 혀 밑에서 곱씹다가 문득 지나갔구나, 하고 알겠지.

내가 내 모서리를 안을 수 있게 되면.

n-1단지

어릴 때 내가 살던 아파트 이름이 가난한 아파트 이름의 대명사로 쓰여 충격을 받았다. 아무리 돌이켜봐도 나의 보금자리가 구설수 속 이미지처럼 찢어질 듯 무너져가는 느낌은 아니었다. 우리 아파트는 평범했다. 거기 담겨 있던 나도.

잘사는 아이들 대부분이 사는 아파트 단지가 있기야 있었다. 초등학교 저학년 때 "엄마, 우리도 저 아파트로 이사 가면 안 돼?" 하고 물었던 것도 같다. 친구 집에다 함께 우르르 놀러가면 "야, 니네 집 바닥은 대리석이냐?" 하고 농담하기도 했는데, 그런 농담이 몇몇 아이들의 마음에는 콤콤하게 걸렸을 것임을 그 나이에도 알았다. 커갈수록 우리 집의 경제 사정은 점점 더 나빠졌는데 우리 집 내부는 점점 더 아름다워졌다. 보이는 게 전부가 아님을 이제 나는 냄새로, 느낌으로, 감각으로 안다.

물론 우리 동네에도 다들 기피하는 단지가 있었다. 단지 숫자로 구분되었다. n단지는 평범한 아파트. n-1단지는 임대 아파트. n-1단지는 위험하니까 절대 가면 안 된다. 이제는 부모님의 걱정을 짐작해볼 수 있다. 주기적으로 n-1단지에 거주하는 성범죄자 목록이 우편함에 꽂혔으니까. 그러나 아이들은 가지 말라면 더 가고 싶어 하는 법이고, 무엇보다 그 아파트 단지에는 크고 짜릿한 놀이터가 있었다. 오래된 상가의 문방구 아저씨는 점을 봐주기도 했다. 발 들이는 것만으로도 스릴 넘쳤다. 그렇게 놀다가 정말 이상한 아저씨를 만나기도 하고, 그러다 걸려서 혼나기도 하고, 그걸 또 무용담처럼 학교에 가서 이야기하고 그랬다.

더 이상 그런 것들이 모험이 아니게 될 즈음에도 난 n-1단지에 갔다. 이제 아무도 그곳에 갔다고 나무라지 않는데도 작은 죄책감이 저 아래에 잠잠히 있었다. 부모님 말씀을 어기고 남긴 발자국 때문이었을까, 아니면 나를 포함한 수많은 사람이 그곳에 찍은 낙인 때문이었을까. 그 알 수 없는 마음을 딛고 그곳으로 향한 건 거기에 벚나무가 많았기 때문이다. 시시각각 변하는 n-1단지의 햇볕을 쪼이는 벚꽃을 보며 새 학기에 새로 만난 아이들을 생각했고, 매년 그 얼굴들은 농익어갔다. 머릿속에서 수많은 교복 치마와 신발이 뒤엉켰다. 책걸상 사이로 오후 햇빛이 굴러다니기도 했다. 오늘 나에게 무슨 일이 있었는지를, 어떤 슬픈 일과 어떤 기쁜 일, 사소하지만 거대한 일이 일어났는지를 곱씹으며 그 단지를 걸었다. 그건 벚꽃을 구경한다는 핑곗거리가 있는 계절의 특권이었다. 계절이 선사하는 싱숭생숭함과 목에 맺힌 간지러운 울렁거림 뒤에 숨어 나의 오늘과 어제, 내일에 놓인 일을 한참 생각했다.

그 동네에서 스무 번쯤의 봄을 맞았다. n-1번지를 지나 우리 집으로 돌아오는 아파트 정문에 있는 커다란 나무를 나는 가장 좋아한다. 언젠가는 저걸 잘 찍어야지,

　　　　　　　　　　　　　　　　　　　

좋은 카메라가 생기면. 그렇게 나는 그 동네에서 흙먼지
를 일으키며 뛰고, 현대슈퍼에서 아이스크림을 사 먹고,
등굣길에 쥐를 봤다. 그렇게 자랐다.

정신없이.

울지 말라

엄마를 생각하면 늘 천국이 떠오른다. 엄마는 천국에 가겠지. 어릴 적엔 엄마는 천국에 가고 나는 천국에 가지 못할까 겁이 나서, 엄마가 사라진 것 같다고 느낄 때면 아무 데나 전화를 걸어 엄마의 존재를 확인했다. 다른 어른에게 엄마가 지구에 있다는 사실을 확인받아야만 안심이 됐다. 엄마 옆에서 잘 땐 엄마의 살에 손이나 발 한구석을 붙이고 잤다. 어느 순간 엄마가 사라져버릴까 봐. 나를 두고 천국에 가버릴까 봐.

이런 얘기를 하면 엄마는 아무렇지도 않게 말했다.

"같이 천국 가면 되는데 뭐가 걱정이야."

엄마와 나란히 천국에 가는 상상을 한다. 열 살 즈음, 나는 처음으로 영원이라는 개념을 인지했다. 여름 성경학교에서였다. 그러니까 천국은 영원히 행복하게 사는 곳입니다. 나는 영원히 행복하게 사는 것보다 영원히 산다는 것이 두려워 떨었다. 아득한 시간을 영영 살아 있음으로 지내야 한다니. 다시 한번 엄마와 함께 나란히 천국에 가는 것을 떠올린다.

천국에 가서도 엄마가 우리 엄마라면 좋을 텐데.

어떤 헤진 시절은 풀어야 하는 매듭도 진술할 수 있는 사건도 풀 수 있는 문제도 아니다. 그저 곰팡이가 피어 썩어가는 부분이다. 파내서 없애야만 사라지는, 깨끗이 지워서 다시 손 뻗을 수 있게 만들어야 하는 것.

목사님.

천국에 가면 제가 엄마였다는 사실을 아들이 기억할까요?

잊을 수 없는 기억이 있다. 나를 향해 날아온 것도 아닌데 이상하게 삶에 꽂혀 떨어지지 않는 기억. 어느 날의 장례식장이 그랬다. 발인 예배를 마친 후, 목사님에게 상복을 입은 교회 자매님이 다가가 물었다. 자매님의 초점 없는 눈동자만 남은 얼굴이 섬찟하게 슬퍼 보였다. 열 살 아들을 잃은 어머니의 얼굴에 든 것들. 울음과 허망함, 그리고 그 끝에 담긴 원망. 나는 그날을 아주, 아주 오랫동안 기억했다. 키와 뼈, 살과 심장이 자라는 동안 계속.

엄마가 암 투병을 시작해 싸워가는 동안 계속.

내가 중학교에 올라가던 해, 엄마는 폐암 진단을 받았다. 매일 밤 자기 전 기도를 빼먹지 않는 성실한 어린 양이었던 나는 이번에도 양손을 모았다. 엄마가 무사히 나을 수 있도록, 도와주세요. 엄마가 아파도 일상은 계속되었으므로 나는 학교에 가고 교회에 나가고 성경을 읽었다.

애매히 고난을 받아도 하나님을 생각함으로 슬픔을

2부 네가 덧대진 지구

참으면 이는 아름다우나

베드로전서 2장 19절

엄마의 아픔은 참으로 애매한 고난이었다. 말기도 아니었고, 수술을 통해 잘 치유될 수 있을 거랬다. 교회의 많은 성도가 하나님의 은혜라고 말했다. 나의 어깨를 두드리며 하나님이 지켜주신 거라고 했다.

하지만 그렇다고 해서 엄마가 아프지 않게 된 것은 아니었다.

엄마의 투병과 가라앉은 집안 분위기는 나를 숨 막히게 했다. 사춘기의 시작, 돌봄을 원했던 나의 억눌린 욕구는 종종 처참함으로 가슴에 구멍을 뚫고 갔다. 그러나 이 슬픔은 길을 가던 누구나 동정해줄 만한 불행은 아닌 것처럼 느껴져 비참했다. 그 애매히 받는 고난이 나를 미치게 만들었고 이는 전혀 아름답지 않다고 나는 생각했다. 가슴은 뻥 뚫렸는데 언뜻 보면 평범해 보이는 나의 삶. 차라리 엉망진창으로 망가졌다면 어땠을까. 중학생이었던 나는 아픔을 내밀 수도 이해받을 수도 없어 혹독하게 외로웠다. 감당할 수 있는 시험만 준다는 신을 지고 사는 삶, 그 삶 자체를 감당할 수 없게 느껴졌다.

나는 아버지가 미웠다. 그러나 끈끈하게 녹아내려 달라붙은 밀랍처럼 어떤 믿음은 떼어내려고 해도 사라지지 않았다.

가령, 행복해질 거라는 믿음 같은 것.

몇 년이 지나 나는 예술대학교에 입학했다. 교회의 반듯한 가정이라는 족쇄를 끊고 엇나갈 용기도 패기도 없었으므로, 성실히 주어진 역할을 수행하려고 노력했다. 얌전히 공부하며 마음에 어지러운 '세상 문화'를 들이지 않으면 칭찬받기는 쉬웠다. 매일 우박이 쏟아지는 마음 같은 건 아무도 들여다보지 않았다. 그맘때쯤, 나는 그런 내 마음을 엄마마저 들여다보지 않는다는 자기 연민에 빠져 있었다. 보살핌을 받아 마땅한 시기에 엄마의 부재를 감당하는 스스로를 가엾게 여기느라 엄마를 미워하곤 했다. 그러다가도 불쑥 몇 배의 죄책감이 마음을 눌렀다. 그런 것들은 너무 복잡하고 무거운 감정이라, 다 모른 척하고 싶었다.

내가 예술대학교에 입학하는 것을 많은 사람이 반대했다. 너무 '세상적'이기 때문이었다. 하지만 바로 그 점이 학교를 선택한 결정적 원인이었다. 나는 집을 벗어나고 싶었다. 황달 걸린 엄마의 노란 눈을 생각하면 속이 부글부글 끓었다. 교회 사람들은 마주칠 때마다 엄마의 안부를 묻고, 나는 웃으며 "많이 좋아지셨어요" 하고 기계적으로 답하는 일이 지긋지긋했다. 그 순간마다 나는 상처받았는데, 그 생채기를 보듬어주었으면 했던 엄마는 집에서 기다란 관이 여럿 붙어 있는 장치를 빨아들이며 힘겹게 숨 쉬기 연습을 하고 있었다. 목에 손수건을 두르고 오후 햇빛이 감도는 침대에 간신히 앉은 낙엽 같은 엄마. 하교 후 현관문을 열면 나는 가방도 내려놓지 못한 채 그 광경을 봤다. 관에는 색색의 공이 하나씩 들어 있었다. 엄마가 호흡을 들이켜면 떨리는 숨을 따라 겨우 공이 들려 올라갔다. 엄마의 파인 볼. 부들부들 떨리며 공중을 부양하는 빨간 공, 파란 공, 노란 공….

지겨워 도망치고 싶었고, 그 마음은 아주 패륜적으

로 느껴졌다.

저희를 구원하여주신 하나님 아버지, 늘 함께하여 주
서서 몸과 마음 정결히 지킬 수 있도록 도와주시고 언제
나 동행해주실 것을 구하옵나이다. 예수님의 이름으로 기
도드렸습니다.

아멘.

학교에 입학해 자취를 시작하고 나서, 나는 아주 바
쁘게 살았다. 죄를 대단히 많이 지었다. 엄마와 아빠의
전화도 잘 받지 않았다. 어질러진 자취방과 섬유유연제
를 잔뜩 부어 빤 빨래들, 치우지 않은 예쁜 컵들, 방 안 가
득한 포스터들.

자유롭다고 믿었다. 이른바 청춘이었다.

영화를 찍는 건 좋았다. 가끔은, 눈앞의 순간이 무척
영화의 한 장면처럼 느껴져서 실제로는 그렇지 않다는
게 뼈저리게 아쉬울 때가 있었다. 다시는 돌려볼 수 없으

125

니까. 빛줄기 사이로 느리게 부유하는 먼지들. 흘러가는 구름. 울창하다 못해 녹진한 나무들. 끝물 매미 소리. 이 시간이 지나가면 영영 지금을 그리워하게 될 것이라는 예감. 다시는 돌려볼 수 없어서, 가능한 생생히 기억할 수 있도록 구석구석 인식해야만 하는, 결코 돌아오지 않는 지금.

　내가 모른 체하며 핸드폰을 뒤집어놓은 사이 아빠의 연락은 차곡차곡 쌓였다. 전전긍긍하지 않아도 엄마는 착실하게 낫고 있었다. 내 세계와 엄마의 세계를 갈라놓으니 죄책감을 눌러 덮은 안심이 느껴졌다. 그러나 문득, 너무나 꺼림칙한 예감이 찾아오는 날이면 한순간에 일상이 전복될 것만 같아 두려워졌다. 숨 쉬기가 힘들어졌다. 아버지라는 신이 호시탐탐 나를 감시하다가 죄를 범하면 때맞추어 회초리를 꺼낼 것만 같아 두려웠다. 마음이 넝마가 되었다. 명치를 꾹 눌러도 해소되지 않는 느낌. 그 느낌은 어느 날, 아빠가 뇌졸중으로 쓰러졌다는 연락을 받았을 때 걷잡을 수 없이 불어났다. 나는 신이 미웠다. 원망스러웠다. 하지만 그런 것보다도….

아빠는 늘 말했다. 사랑은 불쌍한 마음이라고.

엄마는 아프기 전에, 내가 현관문을 나설 때면 늘 차 조심하라고 했다. 나는 대충 알겠다고 대답했는데, 몇 번은 되묻기도 했던 것 같다. 세상에 조심할 게 많은데, 왜 하필 차 조심이냐고. 엄마가 뭐라 대답했는지는 모르겠지만, 아마 사랑이 불쌍한 마음이라고 한 아빠의 정의와 비슷한 것이었겠지.

모든 것이 영원하지 않다는 걸 알고 있었지만, 그럼에도 나는 어릴 적부터 삶을 이루던 가족 구성원, 생활 반경, 그런 것들이 영원히 변치 않을 거라고 착각했던 모양이다. 아빠가 아프다는 소식을 듣자, 아빠가 내 삶에서 삭제될 수도 있다는 사실이 섭리에 맞지 않는다고 생각했다. 아빠의 일그러진 얼굴, 불분명한 발음… 혹독하게 슬펐다.

그 이후로 엄마 아빠와 헤어질 때면, 엄마가 문을 닫고 나갈 때면, 이후에 무슨 일이 있지는 않을지, 오늘 하루 동안 누가 마음을 다치게 하지는 않을지 조마조마하다. 문이 닫히는 그 짧은 순간에.

아마 백 분의 일도 안 되겠지만, 그동안 엄마 아빠의 마음이 그랬겠지. 이해가 된다. 스물 몇 해 동안 내 심장이 만들어지고, 내가 자라오는 동안. 그래서 매일 내가 현관문을 열고 나설 때 차 조심하라고 하고, 집을 떠나 있는 동안 아침저녁으로 전화하고, 내가 그 전화를 그냥 끊어버려도 매일같이 다시 연락했겠지.

그러니까 엄마, 차 조심해. 제발.

이제 사랑은 불쌍한 마음이라는 말을 너무도 잘 알 것 같다.

사랑은 조마조마한 거구나. 안쓰럽고, 안타깝고, 애타는 거구나.

미안해. 엄마가 더 오래 아팠는데 그때 나는 너무 어려서 엄마를 감당할 나만 생각하느라 사랑이 뭔지 잘 몰랐어.

차 조심하라는 말을 너무 늦게 이해해서 미안해.

엄마, 영원히 엄마랑 나랑 사이좋으면 안 될까?

가끔 싸워도 미안해, 하면서 화해하고

그렇게 살면 안 될까?

엄마, 천국에 가서도 우리 엄마가 되어주면 안 될까?

그 후에 예수께서 나인이란 성으로 가실새 (…)

(…) 사람들이 한 죽은 자를 메고 나오니 이는 그 어미

의 독자요 어미는 과부라 (…)

주께서 과부를 보시고 불쌍히 여기사

울지 말라 하시고

누가복음 7장 11-13절

　　　　　　　　　

이건 내일로 부유하는 소란한 오늘의 일부란다

아직 고3 생활이 끝나지 않은 스무 살 무렵. 대학교 실기 시험이 있었다. 나는 시험장에 도착하자마자 뒤돌아 그대로 퇴실했다.

처음부터 그럴 생각이었다. 사실 학교까지 갈 생각도 없었다. 엄마를 속이기 위해 대충 시험 시간에 맞춰 나갔다 들어올 생각이었는데, 엄마가 시험장까지 데려다주겠다고 하는 바람에 울며 겨자 먹기로 물감이 든 캐리어를 질질 끌었다. 잘 보고 오겠다고 엄마에게 손까지 흔들며 들어가는 척하다가 몰래 빠져나갔다. 엄마가 발걸음을 돌려 학교 정문으로 나갈 때까지 기다리며 서성

거리던 순간. 모두가 시험을 보기 위해 언덕을 올라가는데 혼자 인파를 뚫고 아래를 향하던 순간. 정신을 까딱 놓으면 주저앉을 것 같았다.

시험이 끝날 때까지는 집에 갈 수 없었다. 대학교 앞에 있는 카페로 숨어들었다. 그곳이 쥐구멍처럼 느껴졌다. 구석에 웅크리고 앉아 숨죽여 울었다. 너무 외로웠고 너무 괴로웠다. 찬 바람이 허파를 뚫고 지나가는 것 같은 물리적인 시림이 느껴졌다. 뜨거운 녹차를 마셔도 도무지 가슴께가 따뜻해지질 않았다. 견딜 수 없이 외로웠다.

4년간 미대 입시를 했다. 그리고 고3이 되던 해 6월, 돌연 그림을 포기했다. 그냥 너무 힘들어서. 그냥 더 이상 할 수가 없어서. 선생님들은 아쉬워하셨지만 비실기로 넣어볼 만한 성적이라며 크게 말리지 않았다. 친구들이 하루 종일 서서 토할 때까지 그림을 그릴 때 나는 의기양양하게 앉아서 연구작이나 그렸다. 나 자신에게도 거짓말을 하고 있었다. 힘들어서 그만둔 거 아니야. 비실기로 넣어도 되니까 굳이 그림 그리지 않아도 되는 거야.

나는 현명한 선택을 한 거야. 나는….

어딘지 모를 불안함은 마음 구석에 몰아둔 뒤 두꺼운 천을 덮어씌워놓고 모른 척했다. 그럼, 정말 그런 것처럼 느껴졌다.

그리고 나는 대학에 못 갔다.

덮어놓고 외면했던 감정들이 무섭도록 몸집을 불렸다. 불안함과 후회였다. 실기를 포기한 결과가 이건데, 내가 그때 정말 힘든 게 아니었다면. 그냥 게으름일 뿐이었는데 자기 합리화를 했던 거라면. 사실 그렇게까지 힘든 게 아니었다면.

정말 그림을 포기하는 게 옳았을까? 도망친 곳에 낙원은 없다던데. 살면서 힘든 일이 생길 때마다 포기할 건가? 수많은 명언이 나를 다그쳤다. 무서웠다. 정말 그때의 내가 그다지 힘들지 않았던 것일까 봐. 그저 그림을 그리기 싫다는 이유로 합리화를 했던 것일까 봐. 정말 그렇다면 스스로가 구제 불능처럼 느껴질까 봐. 충분히 비실기로 갈 수 있을 거라는 자만에는 내가 나를 미워할 수 있는 충분한 사유라는 제목이 붙었다.

만약 내가 포기하지 않았더라면 훨씬 좋은 결과가 있었을까? 지금까지 해온 게 있는데 그걸 모두 포기하고 얻은 결과가 이거라니.

어디서부터 잘못된 걸까.

만약에, 만약에 말이야. 옛날로 돌아갈 수 있다면.

옛날로 돌아가 실기를 열심히 해서 좋은 학교에 대한 희망을 다시 걸 수 있다면, 그렇게 할 건가?

옛날로 돌아가 미대 입시를 선택하지 않을 수 있다면, 그렇게 할 건가?

당연하게도, 아니. 후회로 가득한 나날을 보내면서도 그것만은 확실했다. 다시 선택하라고 해도 나는 미대에 가고 싶어 했을 것이며, 다시 선택하라고 해도 나는 그림을 그만 그려야만 했을 것이다. 나는 정말, 정말로 괴로웠다. 학원으로 향하는 지하철역에서 수천 번을 망설이고는 집으로 돌아갔다. 학원에서 그림을 그리는 과

　　　　　2부 네가 덧대진 지구

정을 떠올리기만 해도 토할 것 같았다. 남들도 다 똑같이 느끼는, 남들은 다 견디는 감정들이라고 해도 나는 그럴 수 없었다. 하나도 즐겁지 않았다. 정시를 준비하면서 다시 학원에 가봤지만 역시 하루 만에 그만뒀다. 나약하다고 해도 어쩔 수 없다.

매일매일 스스로의 선택을 의심했지만, 나는 분명 최선을 다했다. 만일 그것이 게으름이었다면 얼마나 더 열심히 해야 했던 걸까. 그것이 나약함이었다면, 강인해지는 방법은 누가 어디서 가르쳐주길래 나 빼고 모두가 알고 있는 걸까. 나는 정말로 열심히 했다. 재수를 하면서도 마찬가지였다. 눈뜨면 반복되는 하루가 무수히 많이 남았다는 사실이 고통스러워도, 살기 위해 힘썼다. 내일로 향하는 모퉁이를 돌았을 때 무엇이 보일지 알 수 없더라도 매일 기도했다. 더 열심히 살게 해달라고.

그리고 이제 나는 나를 책임지기로 한다. 나의 어리석었던 선택에 대한 책임. 과거를 자책하며 결핍 속에 살아갈 순 없다. 지금도 못 하겠는 일을 과거의 나에게 시킬 순 없으니까. 지금보다 더 어렸던 나에게 삶에 대한 책임을 떠넘길 순 없다.

그러니 그 애의 마음에 쏙 드는 결과를 만들어줘야지. 바보처럼 골랐던 선택지들과 연결해줘야지. 나쁘지 않은 선택이었다고 그때의 나에게 말해줘야지. 적어도 내 인생을 네가 망쳤다며 그날의 나에게 탓을 돌리는 어른이 되지 말아야지. 그리고 조금 더 어릴 때 실패해볼 수 있어서 다행이었다고 해야지. 내가 내렸던 결정들의 가치는 이제부터 내가 바꿔줘야지. 마구잡이로 고른 선택지들을 잘 솎아서 정리해 완성해줘야지.

다시 되돌아보기로 한다. 정말 그렇게 살고 있는지. 나는 과거의 나를 책임지며 살고 있는지.

어디로 불시착할지 모르는 비행선을 타고 여전히 부유하고 있다고 해도 나는 말한다. 카페에 웅크려 울고 있는 나에게.

매듭은 내가 짓고 있어. 뭐든 리본으로 매듭지으면 선물이 되는 거야.

잠시 든 꿈처럼 사랑한

　대학 시절 가장 좋았던 기억을 꼽는다면 소설 수업이 있다. 적당한 초여름이었고, 매일 아침 잔뜩 산 새 옷 중 하나를 골라 입었다. 더운 햇볕이 쬐었지만 바람이 선선했다. 수업 중에는 전자 기기 사용이 금지되어 있었기 때문에 늘 유인물과 필기구를 가지고 가야 했는데, 종이로 햇빛을 가리고 걸어 강의실에 도착하면 창밖으로 대나무 숲이 우거져 있었다. 그 풍경이 너무 좋아서 나는 항상 제일 먼저 교실에 도착해 책상 열을 맞췄다.

　그때 살면서 처음으로 소설을 썼다. 처음이었기 때문에 내 삶의 정서 맨 밑바닥을 맴돌며 중얼거리는 이야기를 쓸 수밖에 없었다. 난 그 소설을 정말 피와 살처럼 아끼고 사랑했다. 퇴고하면서 읽고 또다시 읽고 정말 몇 백 번을 읽어도 질리지 않았다. 애잔한 감정에 빠지기도 했다. 왜냐하면 엄마가 죽을까 봐 늘 불안했던, 아니, 불안이라는 단어는 너무 작고 아무렇지 않게 느껴질 만큼 위태로웠던 그 마음을 전부 넣었으니까. 너무 외롭고 무섭고 원망스러운데 무엇을 원망해야 할지 몰라 안에서 늘 무언가가 치밀어 올랐던 여섯 살과 열 살과 열다섯 살과 열여덟 살의 나를 담았으니까. 할아버지가 돌아가실 때 내가 보고 만졌던 것들을 적었다. 차가운 쇠 침대와 부드러운 살결의 할아버지. 할아버지를 더 이상 볼 수 없다는 사실과, 그럼에도 아무렇지 않게 흘러가는 세상. 할아버지를 보내드리고 싶어서, 또 엄마와 아빠에 대한 위태로운 마음을 나에게서 이제는 그만 졸업시켜주고 싶어서 소설에 전부 넣었다. 울지 말라고.

그래서 나는 그 마음에서 졸업했을까? 소설 속 아이들은 울지 않을 것이다. 내가 그렇게 적었으니까. 하지만 나는 운다. 이 글을 쓰는 지금도 울고 있다. 그리고 여전히 그 마음과 죽음과 애도에 대해서 끊임없이 쓴다. 졸업하지 못했다. 그리고 내가 할 이야기가 정말 그런 것밖에 없는가, 하는 고민을 한다. 그러나 나에게서 자꾸만 쏟아져 나오는 이야기는 이런 이야기이고 나는 끝도 없이 슬퍼하게 된다. 지겹다. 언제쯤 이런 이야기를 그만할 수 있으려나. 할아버지, 세상에서 할아버지를 보내는 사람이 한둘도 아닌데 난 아직도 할아버지를 보낼 준비가 안 된 것 같아. 다시 만날 수 있다고 믿고 있는 것 같아. 엄마, 난 아직도 자꾸만 나쁜 일이 일어날 것 같아서 참을 수가 없는 것 같아….

당시 나는 내 삶까지 정리하고 싶었다. 정말이지 살고 싶지가 않았다. 아무라도 붙잡고 물어야 했다. 너무 슬픈데 어떻게 해요? 사는 걸 못 견디겠는데 어떻게 해야 해요? 사실 나는 오래전 일기장에서 이미 배웠다. 살다 보면 괜찮아지는 날이 온다고. 살다 보면 무조건 좋아지는 날이 온다고. 그런데도 이렇게 불안에 빠져 있는 날이면 믿을 수가 없는 거다. 그런 날이 안 오면? 안 괜찮아지면?

매일 일기 쓰는 과제를 내주신 교수님이 계셨다. 나

는 교수님이 모든 학생의 일기를 한 편 한 편 다 읽으실 거라는 생각은 전혀 하지 않고 정말 솔직한 일기를 썼다. 죽고 싶은 마음까지 전부. 그러다 어느 날 교수님을 길에서 마주쳤다. "일기 잘 읽었어. 삶은 빛이 있는 쪽으로 가야 하는 거야." 그 뒤로 교수님과 종종 면담을 했고, 교수님은 별안간 학생의 멘탈 케어까지 하는 업무 과다에 시달리고 말았다. 하지만 그때의 나에게 삶을 포기하고 싶을 때 어떻게 해야 할지 물어볼 수 있는 어른은 교수님뿐이었다.

나를 잘 돌봐야 해. 그래야 서른도 되고 마흔도 되고, 좋은 글도 쓰고 작가도 되고, 글을 봐서 좋았다는 이야기도 듣지 않겠니….

대학 시절 내내 나는 멋진 일이 일어나는 상상을 했다. 만화 같은 일이 일어나는 상상은 이제 버거우니까, 그냥 길 가다 돈을 줍는 일, 공모전에 당선되는 일, 누군가 나를 부러워하는 일 따위를. 살다 보면 종종 그런 멋진 일이 가끔 일어나기도 했다. 그런데 그런 일은 나를 구해주기는커녕 불안의 구덩이로 밀어 떨어뜨렸다. 나한테 이런 좋은 일이 일어날 리 없는 것 같아서. 삶이라는 비겁하고 매정한 동반자가 잠자코 숨죽이고 있다가 기어이 나를 울게 할 것 같아서.

살다 보면 괜찮아진다는 걸 과거의 내가 분명히 아는데도.

교수님께서 알려주셨다. 나를 구하는 건 구원 같은 찰나나 찬란한 일순, 특별한 약이 아니라, 나를 돌보는 일. 아침에 눈을 뜨고 밥숟갈을 뜨고 몸을 일으키는 일. 그러니까 나를 구하는 건 내가 나를 돌보던 궤적인데.

예전에 적었던 일기도 비슷한 가르침을 주었다. 어느 날 이런저런 끝내주는 일이 생겨서 다 괜찮아졌다는 이야기는 단 한 줄도 없었다. 단지 '너무 슬퍼서 죽어버릴 것 같다'고 해놓고선, 얼마 뒤 옆에 화살표를 쳐놓고 '너 일주일 뒤에 엄청 행복해지니까 걱정하지 마라'라고 써둔 메모는 군데군데 있었다. 그런데도 지금의 나는 되묻는다. 그러니까 너 뭐 했길래 행복해졌는데? 이제부터는 안 괜찮아지면 어떡할 건데? 그렇지만 일기에 적지 않은 것들. 좋아하는 글을 읽고 노래를 들은 것. 마음에 드는 팔찌를 끼고 옷을 고른 것. 단 한 번의 구원이 아니라 사소한 순간들이 나를 괜찮게 해주었다는 것을 어렴풋이 알 것도 같았다.

어느 날 또 죽고 싶어지면 어떡하지. 그러나 나는 불안해하면서도 서른, 쉰, 칠순… 머리가 희게 바랜 할머니가 되어볼 생각이다. 유별나게 나이 먹어볼 작정이다. 나는 마음먹은 건 곧장 해야 하는 성미 급하고 참을성 없는 철부지니까. 그때 내가 무슨 글을 쓸지 궁금해하면서 나이를 먹고, 지금 쓴 글을 후회하고, 그 사이에 사랑한 모든 것을 받아 적어야지.

아까우니까.

그새 사랑한 것이 아주 많이 나올 텐데.

그 사이에 등장할 사랑과 불안을 전부 기록해 이야기로 완결 짓길 바란다.

그 또한 유별난 이야기가 아니겠는가.

말할 수 없는 것을 말하기 위해

시를 쓰기 시작한 것은 2025년 초여름이다. 나를 스토킹했던 학우 때문이었다. (언젠가, 계속 시를 쓰게 된다면, 그래서 '왜 시를 쓰기 시작했나요?'라는 질문을 받는다면 어떡하지? 이 새끼 때문에 쓰기 시작했다고는 죽어도 말하고 싶지 않다. 근데 이미 말해버렸네.) 그와는 같은 캠퍼스에서 생활했으므로, 내게 일어난 이 거대한 사건을 어디에도 말하거나 적을 수 없었다. 감정이 흘러서 넘쳤지만 받아낼 곳이 없었다. 일기로 적기엔 구차하고 지지부진했다. 진술하는 순간 폭로가 되었다. 그래서 시를 썼다.

시를 쓰다 보니 잘 쓰고 싶어져 시 창작 수업을 들었

다. 창작 수업에서 가장 먼저 들은 피드백은, '화자의 나이를 더 다양하게 설정하면 좋겠네요'였다. 그러니까, 내 시 속 화자는 늘 청소년이었다.

삶에서 말할 수 없는 것을 시에서는 말할 수 있다고 믿는다. 그래서 시를 쓰기 시작했을 무렵 청소년 화자가 그렇게도 많이 등장했는지 모른다. 내 안에서 자꾸 중얼대며 끓고 있는 미성년을 내 손으로 도말해버렸으므로.

러브 에어플레인

교복을 단정하게 입고 학교에 가는 학생이었다. 줄이지 않아도 짧은 교복 치마가 마음에 들었으니까. 회색 와이셔츠와 넥타이. 영원히 버리고 싶지 않았다.

1층 교실에는 창문에 철창이 달려 있었다. 철창 너머로 학교 연못이 보였다. 굳이 불을 켜지 않아도 교실이 환했다. 나무 그늘 사이로 아롱아롱 들어오는 햇살. 절반 정도는 자고 절반 정도는 화장을 하고 일부만이 수업을 들었다. 선생님은 그러거나 말거나 불도 켜지 않고 수업을 했다. 여학생 반의 담요와 구르프, 슬리퍼와 필통, 화장품 파우치가 좋았다. 말 없이도 활기가 도는 교실. 그

건 살아 있는, 다 자라지 못한 아이들만이 뿜어내는 온기
와 생기, 그리고 소란스러움이었다. 난 맨 뒷좌석에서 그
것들을 번갈아 보는 학생이었다. 엎드려 자는 친구의 속
눈썹이 너무 길다는 생각. 앞자리 친구가 한 번만 더 내
머리를 빗어주면 좋겠다는 생각. 주고받은 쪽지들을 하
나도 버리지 못하겠다는 생각. 그리고 너무도 간절하게
세상에서 지워지고 싶다는 생각을 했다. 미운 것이 아무
것도 없었는데도 그랬다. 당시 나에게 허락된 자유는 등
교하기 전 옷장 앞에 우두커니 앉아 있는 한 시간이 고작
이었다. 단정한 교복을 차려입고 도망치고 싶은 충동을
꾹 누르며 꼼짝 않고 있었다. 그때 했던 생각보다 아이들
이 꾸벅꾸벅 졸던 교실과 옷장 앞, 아침의 푸른 빛깔이
더 선명한 건 왜일까.

학교가 끝나면 동대문에 있는 극장에 갔다. 학교를
슬쩍 빠지고 가기도 했다. 구태여 동대문까지 갔던 건 수
많은 영화 감상 방식 중 애니메이션 응원 상영을 가장 좋
아했기 때문이다. 양손에 응원봉을 들고 사람들과 극장

안에서 구호에 맞추어 율동을 하고 노래하는 게 즐거웠다. 즐거울 뿐 아니라 황홀했다. 똑같은 영화를 연속으로 예매해서 봤다. 내게 허락된 유일한 견딤. 학교를 빠지고 극장에 앉아서 시작을 기다리며 드는 생각. 다들 이 시간에 왜 여기 있는 걸까. 무언가에서 도망쳐 여기에 온 사람이 나뿐만은 아니지 않을까. 잠시 타인의 삶에 접속해 나의 삶을 완전히 버려둘 수 있는 직육면체의 새까만 공간. 도망을 용인하는 유일한 공간. 도망쳐서 도착하는 낙원. 그곳이 극장이었다.

극장에 갈 수 없는 날에 나에게 허락된 직사각형은 아이돌 예능 프로그램이나 뮤직비디오였다. 그 네모 안에서 또 다른 세계를 꿈꾼다. 그 안에선 뭐든 할 수 있을 것 같았다. 쏟아지는 비현실과 소름 끼치도록 아름다운 것들을 잔뜩 퍼부어도 괜찮을 것 같은 기분. 나는 16:9 비율의 화면 속 세계를 상상하며 걷는 시간을 사랑했다. 그것은 나를 카메라 뒤에 있는 사람이 되게 했는데, 그건 훗날의 이야기.

그때 나는 절반쯤 미쳐 있었다. 껍데기가 절반, 알맹이가 절반. 그러니까 영혼은 전부 상해 있었다. 매일 밤마다 했던 기도는, 내일도 무사히. 무사할 것 같지 않은 나날의 연속이었기 때문이다. 그 당시 나를 구성한 것은 아픈 엄마와 불안한 가정 형편, 그리고 중학교에서 밀쳐져 넘어진 그대로 진급한 고등학교라는 공간이었다. 나는 그 모든 걸 살가죽 벗기듯 뜯어내 쓰레기통에 버렸다. 기억이 내 영혼에 새겨진 문자라면 나는 그 위에 아주 새까만 검정을 발라 지워버렸다. 내가 견딜 수 있는 한계를 넘어섰기 때문에. 그럼에도 바꿀 수 없는 일상이 눈앞에 성큼 다가오면 나는 입을 꾹 다물고 그 시간이 지나가길 기다렸다. 나에겐 아무 일도 없다고. 나에겐 아무 일도 없다고. 나에겐 아무 일도 없다고.

그럼 정말 아무 일도 없는 것처럼 느껴졌다.

신기하게도, 고등학교에 올라가고 나서는 정말 아무 일도 없었던 것처럼 친구를 많이 사귀었다. 3년 내내 학생회를 했다. 복도에 나가면 수많은 친구와 인사를 나눴고, 나의 팬이라는 후배에게 선물도 받았다. 멀쩡하게 등교를 하고 공부를 하고 급식을 먹다가도 나는 여전히 미쳐 있어서 벌떡 일어나 뛰쳐나가고 싶었다. 나를 다 잘라냈는데도, 아무 일도 없다고 믿고 있는데도 이 견딜 수 없음은 대체 어디서 오는지 알 도리가 없었던 나의 열일곱.

까마귀가 문득 가슴을 할퀴면 견딜 수가 없어서 나는 교실 뒤쪽에서 숨죽여 울었다.

더 이상 참을 수 없다고 생각했던 것은 열아홉의 어느 날. 해결해야 할 일이 생기면 입을 꾹 다물고 눈을 질끈 감기를 택했던 나는 문득 눈동자가 뒤집혀 엄마 앞에서 머리를 쥐어뜯으며 고래고래 소리를 질렀다. 악쓰고 내 몸을 때리고 벽에 머리를 찧었다. 크게 벌린 입 안, 잇몸에는 세로로 찢어진 흉터가 한 줄. 그건 엄마의 암 투병이 마음으로 번진 누룩이었다.

세상에 흉을 남기고 싶어 안달인 나날이었다.

그때의 엄마. 그때의 나. 너무나도 미성숙했던, 화상 입은 흉터에 몸부림치며 서로를 할퀴었던, 그 분노를 어디에 분출해야 할지 몰라 바닥을 구르던 시절. 숨 막히게 고요하기도, 바글바글 끓어올라 더 이상 감당할 수 없기도 했다. 그럼에도 살아야 한다는 사실이, 인생이 너무나도 길다는 사실이 내 목을 매던 시절. 나는 거기에 대롱대롱 매달려서 죽음과 구원을 동시에 기다렸다.

극장에 갈 땐 비행기를 타고 떠오르는 것 같았다. 나는 책가방을 로커 룸에 던지듯 버려두고 매일매일 제일 빠른 비행기표를 끊듯이 영화표를 샀다. 너그럽고 한가로운 이단아의 시간. 중독적으로 매일같이 떠오르는 나날. 공중에 갇혀 어디론가 실려 다니면 꼭 큰일이 난 것 같은 기분이 들었다. 뭔가 잃어버린 것 같은 기분이었다. 그런 건 불안이 아닐까, 하는 깨달음을 처음 안겨준 스크린도 있었는데.

바람의 짜임새에 흔들리다 보면 전부 장난감처럼 느껴졌다. 나는 저 아래 보이지도 않는 책가방 같은 건 잊어버리고 싶었지만 자꾸 그 안에 두고 온 것들이 묵직하게 나를 끌어당겼다.

마음은 계속해서 낙하하고 우리의 결국은 추락하거

나 착륙하거나 둘 중 하나.

　이 지구엔 바글거리는 삶들이 반짝인다. 수평선 너머의 질주가 비행운으로 새겨지는 것이 삶이라면, 그곳에는 생각지도 못한 달콤하고 쓴 것, 작고 환상적인 포션이 있다. 일상에서 잠시 비켜난 극장이라는 낭만적인 감옥, 탈출할 수 없는 공중정원. 잠시 그런 것들에 빚져 살았던 시절이 있다. 때론 서정적이고, 때론 불량하고, 자주 달콤했다.

　언젠가는 단정하고 안전한 일상으로 도착하리라 믿으며, 은하수 사이로만 질주해야 할 때도 있는 법이다.

사랑하는 옆자리

사랑하는 것들의 곁에 있는 일을 떠올린다.

그건 나의 오랜 습관이었다. 마음에 둔 것들의 옆자리를 떠올리는 일. 말을 건넨다. 나를 곁에 둬. 그리고 가능한 오래 네 이야기를 들려줘. 난 언제나 사랑하는 것들의 이야기를 듣고 싶었다. 사랑이 한데 모여 견딜 수 없이 맺힐 때. 뚝 떨어지고 말 때. 손바닥을 펼쳐 그 농도 짙은 마음을 읽어본다. 사랑의 다른 이름. 긴 시간 너를 읽고 싶어. 떠올리기만 해도 애틋한 나의 사랑들은 호기심으로 발현된다. 그리고 그 가운데엔 항상 묻고 싶지만 묻지 못한 질문 하나. 언제까지 나의 곁에 있어줄 수 있어?

사랑하는 것들의 곁에 있고 싶었지만 그곳은 늘 내 자리가 아니었다.

오랜 시간 맴돌기만 했던 자리들을 떠올린다. 끝내 머물지 못했던 자리들. 어떤 사람의 옆자리이기도, 어떤 무리의 소속감이기도, 어떤 이름이기도 했던 것. 어느 날의 난 삼키고 싶은 글의 옆자리에 있고 싶었다. 어차피 글이라는 거, 똑같이 타이핑만 하면 되는 걸. 복사만 하면 되는 걸. 처음 받아본 종이에 내려앉은 글자가 뭐라고 버리지도 못하고 구깃구깃해질 때까지 읽었다. 글을 담은 종이의 물성까지 소중하게 느껴졌다. 닳도록 만지고 외우도록 읽고 글의 옆자리로 끼어들기 위해 서성였지만 결국 그 자리는 내 것이 아니었다. 명치 끝이 아릴 만큼 아팠고 가슴에서 무언가 빠져나간 것처럼 허전했다. 이상하지. 그건 원래도 내 것이었던 적이 없는데 나를 떠나간 것 같다는 것이.

어느 날의 난 어떤 이의 옆자리에 있고 싶었다. 어떤 날의 나는 근사한 이름을 가진 이들에게 소속감을 느끼고 싶어 그 옆자리를 맴돌기도 했다. 그건 단순히 욕심과 동경만은 아니었다. 나는 그 근사함을 선사하는 매개체를 정말 사랑해서 그 사이에 끼어들고 싶었다. 그들이 하는 것. 그들만이 공유하는 것. 나도 그것들을 정말 사랑해서, 그것이 내 안에 살아 있다고 외치고 싶었다. 그들 옆에서.

갈망해온 것들을 떠올린다. 늘 속수무책으로 마음을 내줬다. 그것들이 받은 적은 없는데 내 마음은 어디로 간 건지. 길 잃은 마음은 여름이 끝났다는 소식을 듣지 못한 벌레처럼 여기저기를 굴러다녔다. 염원할수록 성취할 수 있다는 미신에 힘이 실리면 안 되는 걸까. 간절할수록 손에 잡히면 안 되는 걸까. 왜 발걸음에 힘이 실릴수록 멀어지기만 하는 건지. 손을 뻗을수록 아득해지는 건지.

맴돌면 맴돌수록 나는 초라해졌다. 열심히 서성이고 난 뒤, 집으로 돌아오는 발걸음마다 그림자가 무거웠고 고개가 꺾였다. 비참함이 심장을 찔렀다. 그러나 나는 알고 있었다. 이 통증이 전부 내 사랑이 악쓰고 있다는 증명이라는 것을. 내 사랑이 이렇게 살아 있어. 살아서 외치고 있어. 살아 있어서 이렇게 아프다고.

옆자리에 있지 않다고 내 사랑이 사랑이 아니었던 적은 단 한 순간도 없었다. 내 사랑은 살아 있었다. 생기가 있었다. 숨을 쉬고, 펄쩍펄쩍 뛰었다. 여기, 내 안에서.

사랑의 곁에 있지 못했던 나. 그리고 사랑의 곁에 있는 나를 생각한다. 어느 날은 사랑의 몇 가지를 가진 것만 같아서 또 좋았다. 가지지 못한 것들은 바꿀 수 있다고 다독일 수 있어 좋았다. 그래, 나는 손에 잡히지 않는 것들을 직접 바꿀 수 있다. 우리 손으로 다시 써낼 수 있다. 내가 있을 자리는 얼마든지 만들어낼 수 있다고, 다짐하듯 스스로에게 말해줄 수 있다.

가지 못한 곳과 자리한 곳을 떠올린다. 그리고 나는 발 딛고 서 있는 곳을 잠잠히 그린다.

그리고 그곳으로 한 발짝 옮긴다.

네 안에 지구가 있잖아

왜 그럴까. 좋아한다는 건 당신을 투영한 세상을 보고 싶다는 말. 네가 덧대진 지구에 살고 싶다는 말. 네가 속한 세상을 갖고 싶다는 말.

어렸을 때부터 응당 기뻐야 할 순간마다 들이닥쳤던 이상한 슬픔을 기억한다. 놀이공원 줄을 서면서, 수학여행을 가선 새벽에 몰래 빠져나와 친구들과 함께 걸으면서 맞던 여름 습기 사이에서, 왁자지껄한 틈새에서, 그렇게 잠깐 숨을 쉬면 어쩐지 큰일이라도 난 것처럼 가슴에 문득 뚫린 구멍으로 들어오던 슬픔. 10년 전쯤이었나,

155

일본에 놀러갔을 때 높은 산 위에 있는 노천탕에서 별이 쏟아지는 하늘을 보며 목욕을 한 적이 있다. 까마득하게 새카맣고 아득한 하늘과 아래. 그걸 보면서 나는 마음이 이상하게 자꾸 덜컹였다. 저 아래로 떨어질 것 같은 기분이 들어. 무척 기쁘고, 무척… 그때 나는 뒤에 어떤 말을 붙여야 할지 알 수 없었지만 이제는 안다.

그것이 불안이라는 것을.

가슴을 스치고 지나가는 직감이 속삭이는 소리, 나는 지금을 영영 그리워하게 될 테고… 그 말은 이 순간이 다신 돌아오지 않으리라는 말이다.

사실 처음 겪는 일도 아니다. 우리가 안녕, 하는 이 순간이 마지막임을 예감하고, 오늘이 우리의 끝임을 저절로 알게 되는 것은. 그런데도 우리가 함께하는 시간이 영원하길 바라게 되면 어쩌지. 동경, 사랑, 질투, 미움, 그런 맹렬한 마음 같은 건 전부 다 꺼진 불씨처럼 죽어버리고도 다시 돋는 해처럼 되돌아온다. 살다 보면 반드시. 나는 늘 이별에도 서투르고, 진심으로 잡은 손에 힘을 빼

는 법에도 익숙하지 않아서… 그냥 우리 좀 계속 같이 있
으면 안 되느냐고. 그렇지 않다는 거 알아도 약속 좀 해
주면 안 되겠느냐고. 난 그렇게 해줄 수 있다고 말하는
쪽이었다. 언제나 그 자리에서 기다리고 있는 쪽이었고,

언제나 그 인사가 우리의 마지막이라는 걸 알게 되
는 쪽이었다.

내일 보자는 말이 정말 다 무슨 소용이란 말인가.

좋아한다는 건 당신을 투영한 세상을 보고 싶다는
말. 네가 덧대진 지구에 살고 싶다는 말. 네가 속한 세상
을 갖고 싶다는 말.

애정이 맹렬하게 전력 질주할 땐 불안하다. 속도가
빠를수록 지나치는 풍경들이 되돌아오지 않으리라는 걸
선명하게 알게 되니까.

3부

우리만
　　들을 수 있었던
소음

상처 입히면서, 아주 멀리

나에게 왔다가 간 무수한 인연. 나는 자꾸 그 애들이 나를 왜 떠났을까, 생각한다.

그 공백에 나의 솔직함을 끼워 넣어본다.

내가 좋아하는 것. 변하지 않는 것. 동시에 끊임없이 변하려고 노력하는 것. 좋아하는 사람의 일기장. 아침에 먹는 아이스 라테. 칭찬. 향수. 비즈 팔찌. 남의 노트. 필름 카메라.

그리고 솔직한 것.

그러나 솔직한 것은 나에게 나쁘다.

나는 전부터 천둥벌거숭이처럼 마음을 감출 줄 몰
랐다. 그것은 나를 별난 애 취급을 받게 했고 자꾸 나를
버림받게 했다. 하지만 솔직해지는 버릇을 고치기가 어
렵다. 솔직하게 말해서, 좋아한다고. 솔직하게 말해서, 첫
눈에 반했다고. 솔직하게 말해서, 우리 계속 붙어 있으면
안 되느냐고.

어릴 때 나는 애정을 폭력처럼 무차별적으로 휘둘
렀다. 친구에게 좋아한다고, 예쁘다고 많이 말했다. 매일
선물을 주고 편지를 썼다. 엄마가 말했다. 부담스러울 수
있으니 적당히 하라고. 하지만 나는 믿었다. 그 애는 기
뻐할 거야. 우리는 친구고, 친구는 서로 좋아하기로 약속
한 사이니까. 친구끼리 잘해주는 게 뭐 어떻다고. 그래서
문자로 물어봤다. 혹시 부담스러운지. 그리고 작은 폴더
폰에 답장이 덜컹, 도착했다.

ㅡ 음… 조금?

알고 있다. 적당한 거리감을 유지하면서 알맞은 타
이밍에 마음을 내밀어야지. 하지만 나는 늘 솔직하게 최

선을 다해 마음을 쏟아내버리고, 그 마음은 톡 쏘는 맛이 되어 쥐고 싶었던 마음을 놓치고 만다. 가진 걸 전부 내밀어버리는 일. 사람들은 종종 머뭇거리며 다가오지만, 내가 솔직해지는 순간, 어렴풋했던 마음을 없었던 일인 척하고 나를 유별난 취급하며 사라져버리고 만다. 이런 순간이 오면 나는 눈치 없이 폭력적인 사람으로 내몰린 기분이 된다.

떠나가는 사람을 참을 수가 없다. 변하는 사람, 변하는 관계, 이별해야만 하는 환경을 받아들여줄 수가 없다. 난 언제나 온 힘을 다해 곁에 있는 사람을 소중히 대했고, 마음을 다해 애틋하게 여겼는데. 시간이 흐르면 필연적으로 조각나는 모든 것. 아무것도 없는 영원한 것. 너는 결코 모르겠지. 너를 아끼는 마음이 얼마나 지독했는지. 밉다. 아끼고 아꼈던 마음을 내밀었는데 무참히 모른 척한 공백이.

솔직했기 때문에 누군가는 나를 사랑하고, 솔직하게 썼기 때문에 누군가는 나의 글을 읽고. 누군가는 말한다. 그렇게 배워가는 거야. 적당히 솔직하게, 솔직할 타이

밍에 이야기하면 돼. 그렇게 커가는 거라지만 나는 아직도 저지르고 만다. 잡고 싶은 사람에게 쏟아버린 마음은 주워 담을 수가 없다. 솔직하게 말하고 싶다. 솔직해서 미안했다고. 그만 솔직할 테니까 우리 다시 이어 붙이면 안 되겠냐고.

친구를 사랑해서 공책에 나를 죽도록 욕한 친구가 울면서 사과할 때 안아주고 말았고, 대학 시절 정신 놓도록 사람들과 어울리며 영화를 찍었고, 그냥 다 내가 미안한 걸로 하면 안 되느냐며 울었다. 그냥 전부 다 사랑해버리고 싶은 날들이었다.

나를 스쳐간 그 애들을 떠올리며 생각했다. 상처 주고 싶다고. 미워서 견딜 수 없고, 망가뜨리고 싶다고. 하지만 모두 진심이 아니다. 치열하게 분노하고 상처 내며 사랑해온 나의 어린 날. 나는 앞으로도 사랑하는 만큼 속상하게 될 테고, 그 특성은 받아들여야 할 것이며, 어느 순간 불현듯 바뀌는 날이 오기도 할 것이다. 그러다 문득 사랑하길 잘했다고 여기는 순간도, 살아 있길 잘했다고 느끼는 순간도 오겠지. 그런 마음은 내가 어디로 갈지 모르게 하고, 가질 수 없는 것을 가지게 하고, 믿을 수 없을 만큼 아프게 했지만, 생각도 못 한 만큼 멀리 가게 했다.

솔직했기 때문에 내게 남은 점들을 이으며, 솔직해서 놓쳐버린 손들을 떠올린다. 난 솔직해서 조금 아무 데로나 가고 싶은 대로 가고…. 그래서 잡은 것들과 망친 것들과 원치 않았지만 발생한 일들로 이루어진 삶이 보기에 조금 꺼끌스럽다.

솔직한 마음이 나를 어디까지 가게 할까. 상처 입히면서, 아주 멀리.

솔직함을 쥐고 야바위를 한다. 이 솔직함을 펼치면 잃을 것이 많다. 하지만 무엇을 주고도 바꿀 수 없는 것을 얻을 수도 있다. 나는 후자를 더 귀하게 여겨 여전히 솔직함을 쥐고 내민다. 나를 멋대로 찌른 네가 나의 솔직함에 겁먹는다고 해도, 내 솔직함을 감당할 이들을 취한다.

그래서 내일 지구가 끝난다면 나는 했던 말을 수도 없이 반복하는 시시한 하루를 보낼 것 같다. 사랑하고, 미안하고, 보고 싶다고. 그런 시시한.

짧은 여름방학

지금부터 우리는 인생을 건 숨바꼭질을 하는 거야.

돌이켜보면 마음을 해한 것이 많다. 나를 가위로 찌르거나, 주먹으로 치거나, 뺨을 갈겼던 사람들. 똑같은 사람이 되지 않는 것이 이기는 거라던데. 나는 얼얼한 볼을 부여잡고 생각했다. 그런 게 다 무슨 소용이람.

더 다치지 않으려면 도망쳐야 했다. 그딴 게 이기는 거라고? 더 상처받지 않기 위해서? 네가 무심코 내미는 것들로부터 구타당하지 않기 위해서? 그들이 찾아낼 수 없는 곳을 두리번거리는 동안 사람들은 등을 돌리고 있었다. 나는 장롱에 숨어 쓰레기를 상상했다. 동시에 쾌감을 느꼈다. 이런 기분이었겠구나, 나를 아무렇게나 휘갈기던 사람들도!

나는 이렇게 말하고 싶었는지 모른다. 우리 그냥 놀면 안 될까. 우리에게 주어진 여름방학은 너무 짧고… 금방 지나가버리는데.

이 순간이 영영 그리울 거라는 걸 난 어쩌면 알고 있는데.

빼곡하게 변화하는 세상에서 다 무슨 소용인가 싶어지는 상처와 부푼 미움들.

그런 건 다 그냥 내가 미안한 걸로 하면 안 될까.

분명 내가 상처 주기도 했을 사람들에게 용서를 비는 심정으로, 네가 낸 흠집을 내가 아끼게 된다.

웅크리고 숨어서 점점 술래가 그리워지고 만다. 이런 거, 그냥 관둬버리자. 혼자 숨어서 술래는 듣지도 못하는 너그러움을 속삭인다. 네가 내밀었던 것이 뭔지 전부 잊어버리고 말았다는 걸, 혼자 꼭꼭 숨을 자리를 찾고 나서야 깨닫는다.

여름방학은 사이좋게 지내기에도 너무 짧으니까.

그때 참 재미있었는데. 어느새 그은 마음이 계절이 지나도 돌아오지 않는다.

여전히 네 이야기가 듣고 싶고 너의 갈망과 슬픔을 나누고 싶어 안달이 나고 말 텐데.

여전히 내 시선은 네 머리카락에 닿아 있는데.

네 뒤통수를 보면서 하고 싶은 말이 있었어. 나 혼자 몰래 속삭여야 했던 말들. 젖은 종이에 손가락으로 용서라고 썼다 지우는, 이런 마음. 어차피 나만 볼 수 있는 투명한 것들.

그걸 통과하고 도착할 수 있는 건 내 옆자리의 여름일지도 몰라.

끝내 네가 무슨 표정을 짓고 있는지는 알 수 없겠지만 이제는 내 여름 안에서 다 녹아버렸을지도 몰라.

영문을 모르는 곳으로 가자

아주 오랫동안 나를 속여온 착각이 있는데, 거대한 사건만이 휘몰아치는 감정을 불러온다는 믿음이다. 지나가는 누구라도 발걸음을 멈추고 들여다봐줄 만한 불행과 슬픔. 차라리 주저앉아서 엉엉 울 수 있을 만한 절망과 아픔. 소설이나 드라마에 나올 정도로 큰 고난과 시련이었다면 어땠을까. 그랬다면 예정된 극복을 품에 안고 안락하게 찢겨나갈 수 있었을 텐데. 모두의 공감을 품에 안고서. 하지만 격변하는 세계 속에서 내가 짊어질 수 없었던 건 고작 이 정도뿐이다. 딱, 내 키만큼 잠기는 높이의 바다. 발버둥 치면 조금은 숨 쉴 수 있을 정도의 절망. 그러한 애매한 슬픔들. 거대한 고난에 타인의 아픔을 빗대어 고개를 갸웃거리는 사이 시간은 빠르게 지나갔고 의뭉스러운 표정으로 나는 어른이 됐다.

그렇다고 슬픔이 슬픔이 아니게 되는 건 아니라, 모른 척해도 배어 나오는 울음이 있었다.

아무것도 아닌 일. 그렇다고 하기엔 분명히 있었던 일이 삶에 가득했다. 들어찬 서사는 떠올리자면 아득했다. 그렇게 내 안에서도 사라져버린 일들. 그것들을 불러줄 말이 없어 외롭게 굴러다니던 감정과 시간들.

하지만 내가 좋아하는 건 사소함. 훔쳐보고 싶은 일기장. 나의 은밀하고 음침한 사랑은 핑계로 삼아 안부를 묻기에 딱 좋다. 심술궂은 궁금증은 걱정 어린 물음으로 일상 속에 침투하기 좋은 호기심이 된다. 나는 친구들의 주머니 속으로 들어가 어떤 작은 슬픔이 굴러다니는지 묻는다. 스스로 자리하지 못한 채 맴돌던 과거로부터 튕겨져 나와 거리를 헤매고 있다면 그 손을 잡는다. 슬픔들의 키를 재고 있다면 기꺼이 작은 쪽을 선택해 들여다본다.

우리를 오랫동안 속여온 이야기. 거대한 사건만이

우리를 고통스럽게 하리라. 하지만 우리를 시험에 들게 한 것은 딱 견딜 수 있을 만큼의 괴로움이었다. 복잡한 머릿속과 무수한 기억. 흘러가버린 시간으로의 초대. 우리는 고요히 숨어들어가 슬픔을 본다.

이름 붙지 못한 감정을 떠올린다. 짧게 왔다 가는 계절처럼 오고 가는 서러움과 분명 있었던 아픔을 기린다. 없다고 믿고 싶었던, 없어야만 했던 이름들. 무엇이었을까, 하고 오도카니 떠올려보지만 도통 선명하지 못한 표정들. 하지만 이 중얼거림에, 나는 여기에 쓴다. 찰나에 스쳐 지나간 의뭉스러움, 영문을 모르는 마음에 하나의 손을 얹는다고.

그러니 우리가 외롭지 않길 바란다. 틀어막을 필요 없이, 감정을 흘려보내면 그걸 받아내는 글이 마음 한편에 잠들어 있다는 사실을 기억하길 바란다. 어느 날의 너와 내가 필요로 하는 순간에, 그 사실이 우리 곁에 있길 바란다. 언어로는 표현할 수 없지만 분명 주고받을 수 있는 것이 있다. 그 사실을 선명히 느낄 수 있는 계절에 부칠 편지를 쓴다. 마침표 하나까지 놓치지 않고.

4개월의 뼈

오래전에 싸웠던 친구가 꿈에 나왔다.

으레 그렇듯이 어떤 꿈이었는지는 눈꺼풀이 뜨이는 동시에 우르르 흩어졌으나 꿈속에 그 사람이 나왔다는 것만으로도 나는 화들짝 놀라며 꿈에서 깨어났다. 한참을 가만히 누워 있다 보니 문득….

꿈에서 쫓겨난 것처럼 느껴졌다.

꿈에서 나는 돌아서 가는 그 애의 등 뒤에서 우르르 빠지는 이를 양손으로 받아냈다. 그와 함께 미친 듯이 조이는 심장. 가위가 그렇다던데. 몸에 이상이 생겨서, 너 빨리 꿈에서 깨라고, 이상한 것을 보여주고, 몸에 이질감을 느끼게 한다던데, 그런 것이 아닐까. 무의식은 내 심장을 누르고 이를 뽑아내면서 날 꿈에서 쫓아냈다. 네가 내 꿈에 침입해서, 출현해서, 얼른 꿈에서 일어나버리라고. 지금 이 꿈에서 나가버리라고…. 그렇다면 언제부터 그 애는 내 몸에, 살에 재난으로 남았을까. 나는 매일매일 물었지. 그리고 마음에 새겼다. 심장에 칼을 품고 살겠다고. 그리고 기회가 찾아오면 반드시 너에게 꽂을 거라고. 네 눈앞에 내 상처를 까뒤집어 보여주고, 악을 쓰며 솔직한 고백을 할 거라고. 치열한 지옥의 생존기를 들려주고, 거기서 빠져나와 나 대신 너를 넣어야지. 툭, 하고 손끝으로 밀어내며 마지막 인사를 해야지.

한때 내 무엇을 가졌던 그 애. 그 애는 정말 이상하게도… 한순간에 돌변해 칼을 휘두르고 돌을 던져서 내 인생의 한 시절을 구겨버렸다. 나란히 줄 선 이가 인생이라면 아마 한두 개 쯤은 그 애가 빼버리지 않았을까. 근데, 이빨 빠지는 꿈이 흉몽이라는 거. 비겁하지 않아? 나는 텅 빈 잇몸을 혀끝으로 더듬는다.

난 이걸 사랑니 빠진 꿈이라고 생각하기로 했다. 내

    3부 우리만 들을 수 있었던 소음

맘대로.

사랑니가 빠지면 회복되는 데 4개월이 걸린다. 사랑을 빼면 다시 자라는 데 4개월이 걸리는 것이다. 흙 속에 웅크려 있어도 태어나는 세포. 기원하지 않아도 밤과 아침은 돌아온다. 나뉘는 계절과 하루, 애쓰지 않아도 무럭무럭 조용히 생존하고 순환하는 나의 피, 나의 살, 나의 뼈. 나는 침묵하며 눈을 감고도 자란다. 하루와 이틀과 4개월을. 무른 것들은 혀로 밀어 삼킨다. 서른 개 남짓의 치아와 새로 꾼 꿈에도 이름을 붙일 수 있다. 여기는 툭, 하고 나쁜 꿈 바깥으로 밀려 나온 안전하고 무한한 세계.

셀 수 없이 길고 고요하게 회복되는 하루를 기리며.

여름 감기

너도 시큰한 여름 감기에 걸려봤을까? 축축하고 푸른 여름의 저녁을 겪었는지 궁금해. 포말이 이글이글 마음에 일었다.

이름 지을 수 없는 감정이 하루에도 몇 번씩 발가락 사이로 빠져나갔다.

우리가 무럭무럭 자란, 아무리 생각해도 사랑한 날들. 마음이 농익어서 배앓이를 했다.

진심을 다하는 건 언제나 내가 저지르는 자랑이고 실수였다.

그래도 언제나 너에겐 실수를 포장해서 선물하고 싶었다. 백번을 내던져져도 가파른 절벽을 기어 오르는 어리석음을.

내일로 손을 뻗으면

여자 　(Nar) 나는 종종,

도서관 서가, 책 틈 사이로 여자가 보인다. 빠르게 도서
관 책장과 바닥 사이로 이동하는 화면. 어느새 여자는 사
라지고 가짜 벌레 한 마리가 툭 떨어져 있다.

여자 　(Nar) 벌레가 된다.

이어서 도서관 책장과 바닥 사이를 들여다보는 도서관

관리인의 얼굴이 보인다. 벌레를 휴지로 집어 드는 청소
부 아주머니.

도서관 관리인이 벌레를 휴지통에 버린다.

　　마음을 조용히 맡겨버리는 일을 좋아한다. 때로는
사람이었고, 언젠가는 글이었고, 영화나 드라마, 만화의
한 장면일 때도 있었다. 마음이 몸져누울 자리를 어디서
도 찾지 못하면 나는 상상한다. 비약적인 세계를. 어린
날부터 그래왔다. 길을 걸으며, 밥을 먹으며 머릿속으로
소설을 쓰고 장면을 그렸다. 아마 내 마음은 혼자서는 선
명해지지 못해 마주 잡아줄 손을 늘 찾아 헤매는 것이 아
닐까. 어떤 장면이 나를 업고 걸어주길 바랐다. 내 세계
는 늘 애매모호하고, 아리송하고, 어리둥절했으니까. 꼭
전부 설명해주지 않아도 좋으니 스며들듯 공명하는 머
릿속 스크린을 늘 기다렸다. 찾아와주지 않으면 토해내
듯 손으로 썼다. 테두리가 흐릿한 내 마음이 홀로 서 있

지 못하는 탓이다.

#S8. 거리 ____

여자 (Nar) 일단 벌레가 되면 몸을 까뒤집은 채로

아무것도 할 수 없다.

쓰레기봉투 속에 들어 있는 벌레.

#S13. 쓰레기통 ____

여자 (Nar) 그래도 난 돌아오고,

쓰레기통 속에서 나오는 여자. 꼴이 엉망이다.

#S14. 버스 안/낮 ____

여자 (Nar) 돌아오고,

그렇게 의탁하지 않으면 견딜 수 없었던 마음은 대
체 무엇이길래, 글자에, 이미지에 세를 주고 얹혀 살아야

　　　　　　　　　　　　　3부 우리만 들을 수 있었던 소음

만 했나. 나는 왜 그렇게 많은 문장을 마음에 쥐고 견뎌
야만 했나. 설명할 수 없어서 빌려 써야만 했던 투명한
사건들. 흐릿하고 아린 기억들.

나는 언제나 세계에 대해 생각했다. 벽 하나가 세계
를 가르고 있고 교차하는 횡단보도가 수많은 장르를 견디
고 있다. 빼곡한 책등을 손등으로 쓸어볼 때면 삶이 발병
한다는 것을 모르지 않았다. 이를테면 버려야 할 것들과
두어야 할 손금을 분간하지 못하던 계절, 지워지지 않는
발자국과 무성한 나무들 사이로 난간을 상상하며 걸었던
일. 파헤쳐도 꺼낼 수 없는 씨앗 속에 지독하게 더운 지난
계절들이 있고 끔찍하게 간절한 기도가 잠들어 있다.

나의 세계를 빼면 온통 다른 세계. 살아가는 일은 온
통 낯선 비세계에서 나의 세계로 맡아둘 구석을 고르는
일. 그러다 다치는 일. 다치고도 다시 한 발짝 내미는 일.
한 모금 웃음을 위해.

#S16. 거리 / 낮 ____

남자 난 네가….

여자, 눈동자가 흔들린다.

남자　(애써 웃으며) 이해가 안 돼.

나는 믿는다. 아무도 초대되지 않은 상영관에서 잠시 흘러가는 녹진한 구름이 보일 때, 함께 슬픔을 느낄 우리의 10대와 20대, 앞으로의 수많은 나이가 있을 것임을. 아무도 이해하지 못했지만 분명 우리만 들을 수 있었던 소음이 있었고, 우리는 그 시절 서로의 명치에 반창고를 붙여주었으니까.

쓰지 않으면 아무것도 남지 않는다.
쓰지 않으면 아무것도 되지 않는다.

적어도 희미한 내 일상과 투명한 감정, 발설할 수 없는 애매모호한 슬픔은 흩어져버려서 나는 쓴다. 네가 거기 있었어. 우리가 거기 있었어. 쓰다 보면 알게 된다. 자음과 모음으로 보이는 각진 형태들이 문단을 이루면 그

　　　　　　　　　　　3부 우리만 들을 수 있었던 소음

실루엣이 곧 내 마음이고 내가 갈 길이라는 믿음이 된다.

나를 다독이는 건 우연히 찾아오는 번뜩이는 행운도, 과거에 발이 걸려 넘어져 있는 모양새도 아닌, 자음과 모음을 가지고 놀며 마음의 각과 테두리를 만들어가는 매일매일.

나를 무너뜨리는 건 어디에 도사리고 있을지 모르는 함정이지만 나를 꺼내는 건 써 내려가는 나의 손이다.

내일로 손을 뻗으면 쓰는 손이 마주 잡는다.

#S17. 여자의 집/낮 ________________________________

비밀번호를 누르고 집에 들어오는 여자. 힘이 없다. 터덜터덜 들어와 전자레인지에 즉석밥을 돌린다. 남은 반찬과 함께 밥을 입에 욱여넣는 여자. 몇 입 먹는가 싶더니 점점 울음을 터뜨린다. 서럽게 목 놓아 우는 여자.

음악 흐르며,

ending.

은하수 굿나잇

　　어느 날 덜컹이는 버스 유리창에 머리를 기대어 잠
이 들었다.

　　일정한 강도로 유리에 부딪치던 머리. 버스의 움직
임에 따라 함께 흔들리던 버스 손잡이들. 잠결에도 설핏
떠올렸다. 죽음은 잠처럼 밀려온다는 이야기를. 이런 기
분인 걸까. 몽롱하고 아득한 기분. 거대하고 무거운 눈물
이 잠으로 변환되어 도통 앞이 보이지 않고 눈을 감을 수
밖에 없는 순간.

　　또 어느 날 깊은 낮잠에 들었다가 깨어났다.

　　무언가 잃어버린 듯한 기분에 자리에서 벌떡 일어

　　　　　　　　　　　3부 우리만 들을 수 있었던 소음

나 주위를 둘러봤지만 아무것도 찾을 수 없었다. 잠들어 있는 동안 무언가 쑥, 하고 빠져나간 듯한 기분. 기억도 나지 않는 것을 지키지 못한 기분에 사로잡혀 울고 싶은 마음이 들었다. 해가 뉘엿뉘엿 넘어가는 늦은 오후, 빛은 내게 있던 맑은 기분까지 훔쳐 달아나고 있었다.

때로는 깊은 밤까지 잠들지 못하는 덫에 걸리곤 한다. 상념이 꼬리에 꼬리를 물고 머리를 집어삼킨다. 머리맡에 놓인 근심의 그림자가 잠의 흔적까지 지워버리는 밤. 달아나고 싶은 잠이라는 섬의 약도까지 잃어버린 채 이부자리를 헤맬 때면 공연히 숨이 막힌다. 주어진 몇 시간 안 되는 회복의 기회를 얼굴도 알 수 없는 누군가에게 뺏겨버린다.

그런 날이면 어린아이처럼 울고 싶은 기분이 된다.

종종 삶이 쏜살같이 달려와 잠을 이용한 장난질로 나를 넘어지게 하고는 한다. 내가 짊어진 삶은 내 몸집보다 크고 거대해서 나는 언제나 속절없이 걸려 넘어지고 울컥 무언가를 쏟는다. 차라리 어린아이처럼 울까 말까 셈하는 시간까지 방황하느라 이제는 더 긴 날들을 헤매야 하는 숙명을 진다.

그리하여 막막한 울음의 날들로 인해 닫혀버린 것처럼 느껴지는 느지막한 오후의 빛. 깊은 낮잠에 들었다가 깨어난 바로 그날, 무언가 잃어버린 것처럼 느꼈던 바로 그 순간처럼, 좋은 날은 다시는 오지 않을 것 같은 기분이 든다. 영원할 것 같은 농도의 울먹임과 고통, 돌이킬 수 없는 시간들이 일순 재앙처럼 삶에 들이닥칠 때면 무력하게 평안함을 빼앗긴다. 그것이 내게서 앗아간 것은 지금 이 순간의 안전함만은 아니다. 내일을 지탱할 가느다란 힘, 발을 내디딜 자리 역시 잃고 말았다.

한순간 들었다 깨는 잠은 훅, 하고 내게서 뭔가 훔쳐 달아난다.

그래서 나는 아끼는 이의 잠을 떠올린다.

장난처럼 언제고 잠이 찾아온다는 것은 얼마나 큰 축복인가. 일단 눈을 감고 한숨 자고 나면 한숨 나아진다는 것은 사랑하는 이에게 건네줄 수 있는 가장 거대한 온기, 가장 거대한 환희다. 오늘 한 잠, 그리고 내일 한 잠 더 자고 나면 분명히 삶은 나아진다. 분명히라는 단어로 굳건히 할 수 있는 사실이다. 잠은 무조건적으로 찾아오는 회복의 시간이다. 당신이 잠든 사이 당신의 의지와는 별개로 당신의 몸과 정신은 빠르게, 무조건 더 나은 방향으로 회복하며, 당신이 눈뜨고 나면 선명한 사실로서 당신의 피부에 와닿을 것이다.

그리하여 사랑하는 이에게 줄 수 있는 가장 지고지순한 인사는 안전한 잠을 기원하는 것이다. 잠자리가 깊고 따뜻하길, 무거운 눈물과 함께 잠들었더라도, 아침에 눈을 뜨면 모든 것이 거짓말처럼 한 겹 나아져 있길 간절히 바라는 것.

이 모든 안부를 잠으로 대신하여 써 붙인다.

부디 좋은 잠에 들길.

잘 자.

이것이 나의 세계

나는 희망을 갖는 종류의 사람이다. 그것도 희망을 물씬 갖는 사람이다. 희망을 너무 가져서 애걸복걸하고, 그 희망이 좌절되면 그만큼 크게 상처받는 종류의 인간이다. 그렇다고 좌절하느냐 하면, 나는 상처받은 마음을 대자보로 대문짝만하게 써 붙여 낱낱이 떠벌린 뒤에 어쨌든 다시 희망을 가져보겠습니다로 회귀하는 인간이다. 나는 기대하는 일이 인간의 의무라고 믿고, 기대가 설령 우리를 좌절시킨다고 해도 기대하고 좌절하는 사이 만난 예상치 못한 많은 일을 귀히 여긴다. 좌절이 한 꼭짓점이라면 그 예기치 못한 만남들은 기대했던 방향과는 다르다고 할지라도 우리를 조금씩 앞으로 이끌어나간다. 좌절의 꼭짓점에서 어느새 우리는 일어나 새로운 경치를 바라보게 된다. 그러니 우리는 희망을 버릴 수 없다. 힘은 내야 하겠지만.

너무 희망을 가져 애가 타고 마음이 절절해지는 일이 있다. 그러나 그 사이에 쌓인 작은 기쁨과 나를 웃게 한 뜻 모를 인연. 그것들이 곧 내가 된다. 내일은 또 희망을 가지고 힘을 내겠지. 희망과 술래잡기를 하면서. 그렇다면 나는 필요할 때마다 희망을 골라서 쓴다. 희망이 나를 애태우면 그것쯤은 접어두고 그냥 힘을 내자. 그리고 내일이 오면 다시 희망을 꺼내 쓰는 거야. 좋은 일이 올 거라는 기대. 그 사이에 촘촘하게 들어찰, 뜻 모를, 우연한 웃음들.

꿈꾸는 일은 늘 나를 살게 한다.

내가 믿는 사실은 꿈은 언제나 다시 자라난다는 것. 가끔 쓰레기통에 갖다 버리고, 테두리가 희미해져 잃어버리고, 도저히 되찾을 수 없을 것 같을 때에도,

꿈은 언제나 내가 전혀 상상하지 못했던 방식으로 되돌아와 새로운 형태로 자란다.

그것은 캄캄하게 문드러진 채 사랑했던 모든 것들을 밟는 절망 속에서도 발견한 믿음이다.

좋은 일로 눈을 돌려야지. 좋은 책을 보고 좋은 말에 귀 기울여야지. 나를 안아주는 품의 온도를 기억해야지. 나쁜 것들은 사실 별로 중요치 않다.

삶은 기대할 일과 나아질 일만 잔뜩 남아 있으니까.

헛되지 않은 것들로 빼곡히 꿈꾸고 싶다. 선명하게 사랑하면서.

사랑의 모든 것

나는 한때 내 마음이 내 것이라고 착각했다. 그러나 직접 불을 지필 수는 있었지만 끌 수는 없었다.

사랑은 얼마나 비겁한 감정인지. 어느 날부터 너를 아끼는 일이 고되도록 지독했다. 너는 그 사실을 영영 알 수 없을 것이다. 이 마음은 맥락도, 서사도 없다. 논리 없이 무심코 찾아온다. 그럼에도 왠지 알 것 같다. 우리가 무언가 같은 것을 주고받았다고 믿는다.

그게 사랑의 모든 것 같아. 그런 생각을 종종 한다.

환한 여름

슬플 때마다 단단한 마음을 갖기를 기도했다. 고통 앞에서 나는 물컹하고 무르다 못해 으스러진 열매처럼 자주 마음이 상했다. 이런 건… 도려내도 먹을 수 없다. 통째로 버려야 한다. 내 앞에 주어진 내일들을 정말 도무지 견딜 수 없다는 생각. 다들 어떻게 이 삶을 이고 지고 사는지 도무지 이해할 수 없다는 생각. 상처를 딛고 다음으로 간다는 건 정말 농담처럼 들렸다. 아무리 나이를 먹고 신년 다짐을 해도 난 어른스러워질 수 없고, 이젠 볼 수 없는 그 언니가 해주었던 것 같은 칭찬은 들을 수 없겠지.

매해 소원을 빌고 기도를 해도 매번 울어야 하고 다쳐야 하고… 이런 역겹고 비겁한 세상! 비가 오고 나면 열매를 맺었다고 겨우 마음을 달랠 수밖에 없겠지. 그럼 내가 아꼈던 꽃은요? 한철 피었다 져서 똑 떨어졌는데. 나는 이런 것들이 슬픈데.

나는 단단하고 영근 열매 같은 건 못 된다니까.

정말이지 내일이 오지 않았으면 좋겠다. 살고 싶지가 않다. 이런 말은 농담처럼 포장한 진심이라 한숨처럼 자주 뱉었고, 정말 견딜 수 없는 날에는 꾹 눌러 참느라 목석처럼 가만히 있기도 했다.

내가 가진 유일한 것은 오직 멈추지 않는 희미하고 창피한 솔직함이다. 그러니 우리 눈부시게 이를 드러내고 사납게 싸우다가 환하게 사랑해버리자. 엉망진창으로 살면서 삐걱삐걱 앞으로 가는 거야. 울퉁불퉁하지만 꽉 찬 열매로 맺히도록.

사춘기 요나

어느 한낮, 나는 옥상에 올라가 오래된 기억을 다음 세기 행성으로 던졌다. 옥상 문에는 출입 금지. 마커로 글씨를 대충 써 붙인 종이가 바람에 나풀거리는데 문은 잠긴 적이 없었다. 발끝에서 꿈틀대는 정오의 그림자. 여기서는 낮게 소란한 아이들이 장난감처럼 보였다. 조금 우습고, 지독하게,

외로운 기분.

출입이 금지된 지역에서도 시간은 곧은 직선으로 흘러간다.

선생님은 아시죠? 아무도 몰라주는 미움 같은 거요.

     3부 우리만 들을 수 있었던 소음

무한한 빗금처럼 어지러운 기분이요. 기억은 잠잠히 마음의 수면 아래를 떠돌다 별안간 뛰쳐나와 대가리를 들이밀고 나를 삼킨다. 머리채를 와그작대면 가슴팍에 구멍이 든다. 뺨을 맞으면 반대 뺨도 내주어라. 그런 가르침, 배운 적 있다. 그런데 걔는 모를걸, 갈겼던 게 왼쪽인지 오른쪽인지도. 그런데 제가 왜 용납하고 사랑해야 하나요.

그런 물음들은 금붕어가 삼켰다. 갈기갈기 쪼개진 시간을 지나 다음 지구에 기억이 도착할 때까지, 구겨진 마음은 물고기 뱃속에서 기도할 것이다.

너도 언젠가는 이 옥상에서 기도라는 물고기의 아가리를 벌려 기억을 구겨 넣고 저 멀리 던졌겠지. 지느러미를 나풀대며 돌아와 모든 것의 이름을 알려줄 것이라고 믿으며.

우리가 잠시 같은 기도를 쏘아 올렸다는 무용하고 일방적인 사실. 우리는 어디까지 파편이 될 수 있을까.

그해 겨울에 우리는 자주 울고 귓속말처럼 소원을

적었다. 그럴 때면 꼭 함께인 것 같았다. 사물함 문 뒤에 쪽지를 붙여놓고 자꾸 열어보던 시절.

한낮에 잠시 든 꿈처럼 사랑한 것들이 겨우내 말라 비틀어진 잔디처럼 흔들렸다. 무력하고 사랑스러웠지.

그 위로 정오의 햇빛이 돋았다.

공평하게 한 세기를 건너온 내일이었다.

신을 믿든, 믿지 않든, 누구나 한 번쯤 소원을 빌어 본 적이 있으리라. 누구에게나 무엇이라도 붙잡고 간절히 빌고 싶은 순간이 찾아온다. 기도는 희망을 주기도 하지만 우리를 처절하게 무릎 꿇리기도 한다. 그 바람이 이루어지더라도 영원 같은 기다림을 지나야 하거나, 운명이 우리에게서 등을 돌려 절망에 빠지기도 한다.

그렇다면 우리가 바랐던 그것, 기도라고 부를 수도 있었던 그 시간들은 어디에서 떠돌고 있을까.

손을 모으고 수많은 기도를 심장에 새겼다. 그 기도가 나를 배신했다고 느낄 때마다, 나의 기도문을 잃어버렸다고 느낄 때마다 가슴이 아릴 듯이 비참했다. 이렇게 될 바에야 아무것도 바라지 않는 것이 낫겠다는 생각. 어차피 마음대로 흘러갈 세상이라면 그 앞에 무력하게 휩쓸리는 나의 의지와 바람 같은 것 따위. 내 몸뚱이만 한 부피로 세계와 겨루어서는 도저히 이길 수 없다고 느꼈다.

그러나 내가 가진 유일한 힘은 무력한 기도를 멈추지 않는 것.

나의 잃어버렸던 기도가 전혀 다른 얼굴로 돌아와 새로운 내일을 펼치는 광경을 본 적이 있다.

놓치고 헤매지 않았더라면 발견하지 못했을 새로운 기도를 마주한 적이 있다.

우리의 기도는 행방불명되지 않았다고.

책을 쓰는 동안 삶에서 수없이 넘어지고 다쳐야 했다. 그러나 그 모든 것이 온통 글자가 되었다. 이 책이 나오기까지, 아니, 내가 나로 선명해지기까지 무수히 함께 고민해주고 판타지소설 속 결정적 순간처럼 극적인 감동이 되어준 김서해 작가에게 고마움을 전한다. 언제나 나에게 시적인 순간을 선물해준 양안다 시인과, 내가 빛을 향해 걸어갈 수 있도록 귀한 가르침을 주신 스승님 정용준 작가님께 감사하다. 이 책이 탄생할 수 있도록 애써주신 김윤하 편집자님. 나의 혼잣말에 귀 기울여 귀한 기회를 주시고, 다정하고 정성스럽게 글과 함께해주시어 글을 쓰는 동안 끊임없이 살고 싶어졌다. 책을 위해 치열하게 애쓰고 고민해주신 데일리루틴 이효진 디자이너님과 클레이하우스 가족들. 윤성훈 대표님, 조은혜 팀장님, 신동익 팀장님, 김가영, 하연빈 마케터님께 무한한 감사를 보낸다. 우리가 처음 만난 여름날, 그날부터 맞춰온 주파수로 빼곡한 날들을 기쁨으로 삼고 살았다.

마지막으로,

사랑은 불쌍한 것이라 가르쳐주신 나의 아빠에게.
덕분에 나는 삶을 애틋하게 바라보는 사람이 되었다.

생각하면 가슴이 아린 나의 엄마와 오빠에게,

존재한 적 없는 단어로 감사와 사랑을 담아.

2026년 봄

이 해

존재한 적 없는 단어로 감사와 사랑을 담아.

우리의 행방불명된 기도를 위하여

초판 1쇄 인쇄 2026년 1월 28일
초판 1쇄 발행 2026년 2월 4일

지은이 이해

편집 김윤하 **편집팀장** 조은혜
디자인 데일리루틴
일러스트 오독
마케팅 신동익, 김가영, 하연빈
제작 ㈜공간코퍼레이션

펴낸이 윤성훈 **펴낸곳** 클레이하우스㈜
출판등록 2021년 2월 2일 제2021-000015호
주소 경기도 파주시 회동길 363-21, 2층
전화 070-4285-4925 **팩스** 070-7966-4925 **이메일** clayhouse@clayhouse.kr
홈페이지 https://www.clayhouse.kr

ISBN 979-11-93235-73-7 (03810)

클레이하우스㈜가 더 나은 책을 펴낼 수 있도록 의견을 남겨주시거나 오타를 신고해주세요.
QR코드에 접속해 독자 설문에 참여해주신 분께 추첨을 통해 선물을 드리겠습니다.